Le journal de Lucas

AF143412

Du même auteur

C'est pas la taille du texte qui compte
Books on Demand, 2016

Philippe Myoux

Le journal de Lucas

Books on Demand

Merci Céline, Marie, Anouchka et Frédéric pour votre aide précieuse !

© *2019 Philippe Myoux*

Edition : BoD - Books on Demand
12/14 rond-point des Champs Elysées
75008 Paris

Impression : BoD – Books on Demand, Norderstedt

ISBN : 978-2-322-16504-9

Dépôt légal : février 2019

Dimanche 1er janvier

« Cinq ! Quatre ! Trois ! Deux ! Un ! Bonne année ! »
Le passage à la nouvelle année est mon moment préféré, ce moment où concrètement rien ne change mais symboliquement tout est possible. Trois cent soixante-cinq pages blanches à remplir. L'encre indélébile n'a pas encore été apposée sur les vierges feuilles du nouveau tome de notre vie, alors tout est encore envisageable. Et puis, c'est certain, cette année sera mon année, je le sens. Je me trompe rarement sur ce genre de choses ! Bon ok, j'avais dit la même chose l'année dernière, mais cette fois j'en suis sûr... Et puis même si elle n'a pas été à la hauteur de mes espérances, l'année précédente n'a pas été si mauvaise pour moi.
Peut-être que je suis trop exigeant, qu'il faut que j'apprenne à profiter de ce que j'ai, au lieu d'espérer avoir autre chose. À moins que les deux soient possibles : profiter de ce qu'on a et tout faire pour obtenir ce que l'on souhaite... À méditer tout au long de l'année...
Il y a tout de même une chose que je ne changerai pas pour tout l'or du monde, ma vie dans un grand appartement dans le quartier des Chartrons à Bordeaux avec mes trois colocs : Yoko, Jamel et Victoria. Originaires respectivement du Japon, du Maroc et d'Argentine, nous sommes souvent surnommés par nos amis « Les quatre continents » ou « les Benetton ».
Parfois, pour les taquiner, je les appelle « Mes Petits Colonisés du Tiers-Monde », et en représailles ils m'appellent « Le Vieux Con (Tinent) ». Alors, je fais semblant d'être vexé, ils font semblant de m'en vouloir, puis on ne fait pas semblant de s'aimer devant une bonne bière.
On vit ensemble depuis cinq ans, on a créé la colocation et elle n'a pas bougé depuis. Chacun de nous a eu envie plusieurs fois d'indépendance mais non, on n'arrive pas à se quitter, ou plutôt on n'a pas envie de se quitter.

Depuis quelques mois quand l'envie d'être seul apparaît pour quelques heures on va chez notre pote Olivier les jours où il est absent, comme il est stewart longs courriers c'est assez fréquent. Bien plus que notre envie de solitude.

Lundi 2 janvier

Au fait, j'ai complètement oublié, moi c'est Lucas. Lucas Chanceux, Lucky pour les intimes. Je vous propose de découvrir dans ce journal pendant toute l'année, au jour le jour, ma vie, mes pensées, mes écrits, ma passion pour les faits divers... J'ai 29 ans, je suis célibataire, je suis du groupe sanguin A+, je suis poisson pour l'astrologie occidentale, lièvre pour les Chinois et Osiris pour les Égyptiens. J'ai une petite cicatrice sur la jambe droite, je travaille dans une petite librairie de la ville et je suis originaire de Lyon.

J'aime les yaourts à la fraise, les films suédois, le fromage fondu, les feuilles rouges en automne, l'odeur des marqueurs noirs pour tableaux blancs, mettre ma chaussure gauche avant ma chaussure droite, les cornets rhum-raisins, le bip des caisses au supermarché, éclater le papier bulle, marcher dans le sable, faire croire que je suis nazi, prendre la documentation des témoins de Jéhovah pour la mettre immédiatement à la poubelle, les pizzas quatre fromages, les faits divers glauques, courir après le tram, répondre non avec un grand sourire aux bénévoles des associations dans la rue, répondre oui avec un grand sourire quand on me dit que je suis beau, appuyer sur le bouton de l'ascenseur mais finalement prendre les escaliers, regarder une télé-réalité idiote puis une émission culturelle, la catégorie MILF de Youporn, et surtout les inventaires à la Prévert.

Mardi 3 janvier

Aujourd'hui, c'est jour de reprise après une semaine de repos. La période de Noël est vraiment épuisante quand on travaille dans une librairie, alors dès que le Père Noël a fini de livrer tous ses paquets, je prends congé en même temps que ce dernier, parfois loin de Bordeaux. J'étais très bien en vacances, mais comme j'aime beaucoup mon travail je n'ai pas le blues de la rentrée.

Je travaille à la librairie « Book quai de mots », appelée plus simplement par les Bordelais « La librairie des quais ». Située sur les quais de la Garonne, elle a été créée par mon patron, Monsieur Dumoulin, il y a plus de vingt ans. Il est très exigeant mais sympathique et juste. Il me demande de le tutoyer mais je continue de le vouvoyer malgré les années.

Il y a une autre salariée depuis un an, Sarah. On s'entend très bien, parfois on a même d'énormes fous rires ensemble, mais on ne s'est jamais vus en dehors du travail. Je n'ai jamais osé lui proposer de boire un verre tous les deux, pourtant j'en ai énormément envie...

Je travaille dans des conditions plutôt agréables, avec un juste dosage de sérieux, de légèreté et d'humour.

Humour des clients surtout, comiques d'un jour bien malgré eux : parmi les perles « Je cherche Le tartouffe de Monlière », « c'est un livre mais j'ai oublié le titre et l'auteur, la couverture est bleue, je crois », « Vous avez Le sexe pour les nuls ?... Euh... c'est pas pour moi ! c'est pour un ami... », ou encore l'adorable papy René, un de nos plus fidèles clients, à l'humour... Je vous laisse juger avec la blague de sa dernière visite : « Quelle est la différence entre le 51 et le 69 ? Le 51 : on a la tête dans l'anis. Le 69 : on a la tête dans l'anus. »

Parfois c'est le titre des livres qui nous amuse beaucoup « Comment coucher avec sa belle-mère en toute discrétion ? », « Le bébé a des cheveux rouges » ou encore « Je suis pas raciste, j'ai un ami communiste ».

Mercredi 4 janvier

Ce soir c'est très calme à la colocation, Jamel et Victoria sont sortis, alors avec Yoko on se fait une petite soirée plateau télé série. Yoko est arrivée en France il y a dix ans. Elle a toujours été passionnée par la culture française : enfant elle écoutait en boucle les disques de Mireille Mathieu et Claude François, à l'âge de douze ans elle a appris le français en autodidacte avec une méthode empruntée à la bibliothèque de sa ville, à quinze ans elle s'est inscrite tout logiquement dans un lycée français à plusieurs centaines de kilomètres de chez ses parents. A vingt ans, elle prend la décision de venir pour la première fois en France. Plus précisément de vivre en France. Pendant quelques mois elle vit à Paris mais visite week-end après week-end toutes les régions de France. Elle s'installe à Bordeaux par amour du canelé. Mais je crois qu'elle se moque de moi quand elle m'explique cela ! Je finirai pas savoir la vérité ! Journaliste et traductrice, elle jongle entre la culture japonaise et française, et prends plaisir à faire découvrir la culture de l'un à l'autre. Et inversement. Elle m'impressionne par son talent, sa culture et son français bien plus correct que le mien. Et en plus c'est quelqu'un de bien.

Jeudi 5 janvier

Ce soir, sur proposition de Victoria, c'est fête à la coloc, « los Reyes Magos», l'épiphanie version Espagne et Amérique du sud. Avec Yoko et Jamel on a fait une petite surprise à Victoria, nous avons organisé «una cabalgata de Reyes Magos », une chevauchée des Rois Mages : nous avons mis chacun une couronne sur la tête (que nous avions récupérée lors de notre dernière visite au Burger King), puis fait le tour du salon en mimant des cavaliers à la manière des Monty Python dans Sacré Graal ! Tout ça en lançant des bonbons sur elle ! On s'est bien amusés !

Je crois que ça lui a fait plaisir. Elle nous a dit de ne pas oublier de mettre nos chaussures devant nos portes de chambre pour que les vrais Rois Mages apportent nos cadeaux. On a fait semblant de se vexer, genre nous on est des faux Rois Mages ??!! C'est nous les vrais Rois Mages !! Elle a vraiment cru qu'on était vexés. Ah ! Ah ! On était trop contents de nous !

Nous avons aussi mangé la traditionnelle couronne des rois «la rosca de reyes », une brioche décorée de fruits confits. En Argentine, contrairement en Espagne ou en France, il n'y a pas la tradition de la fève... Pas grave on se rattrapera dimanche avec la galette des rois de chez nous !

Vendredi 6 janvier

C'était vraiment bien la soirée d'hier ! Nous avons fêté les rois dignement ! Bon, pour être honnête je ne suis pas sûr que le mot digne soit adapté à nos comportements de fin de soirée car nous avons tous légèrement abusé du vin argentin ! Le réveil est difficile ce matin, et je vais être en retard pour le travail ! Si ce mal de tête ne disparaît pas rapidement la journée va être interminable ! En attendant il faut que je speede un peu ! Quelle surprise au moment d'ouvrir la porte de ma chambre : les Rois Mages sont passés ! J'avais complètement oublié !

En retard pour en retard, je prends le temps d'ouvrir le petit paquet emballé dans un papier cadeau à fleurs style papier peint des années soixante-dix. Ils ne sont vraiment pas à la pointe de la mode les Rois Mages ! Ou alors ils le sont beaucoup plus que moi et ceci est revenu à la mode sans que je le sache... Être rattrapé par les Rois Mages sur la mode, c'est quand même une sacrée honte ! Surtout qu'il ne me semble pas qu'il soit précisé dans la Bible qu'ils s'intéressent à ce genre de choses... Cela dit plus de deux mille ans se sont écoulés depuis alors ils ont eu le temps de changer de passions. Hey, mais ça veut dire qu'ils sont copains depuis plus de deux mille ans ! Waouh ! Bravo à eux trois ! Ils sont bien copains ? J'espère qu'ils le sont car s'ils sont juste collègues et qu'ils ne s'aiment pas les deux mille ans ont sûrement été longs ! Je finis d'ouvrir mon paquet cadeau ! Oh ! C'est une petite statuette de la reine Elisabeth II qui fait coucou de la main avec l'énergie solaire ! Les Rois Mages me connaissent bien, j'adore ! J'écris un petit mot pour Victoria au verso du papier cadeau et le laisse devant sa porte de chambre « merci pour le cadeau ! C'est gentil de m'offrir une statuette à ton effigie mais c'est un peu narcissique ! Ah non ! Pardon ! Ce n'est pas toi, c'est la reine Elisabeth II ! C'est fou comme vous vous ressemblez ! :) bises ! ». Le soir je retrouve une réponse sur le même papier devant ma chambre « Et ton physique à la Prince Charles, on en parle ? ».

Jamel et Yoko ont aussi eu leurs cadeaux : la reproduction d'un tableau de Picasso pour l'un, un tee-shirt « I love les canelés » pour l'autre.

Samedi 7 janvier

Je travaille certains samedis mais aujourd'hui c'est repos. Avec Jamel, bien qu'il fasse un peu froid, on profite du soleil pour se balader un peu dans la ville. Pendant la promenade, il m'explique les conditions de son arrivée en France, je connaissais déjà les grandes lignes mais cette fois il explique tout dans les moindres détails comme s'il avait besoin de se libérer de quelque chose. Il a grandi au Maroc et est venu en France, directement à Bordeaux, quand il avait quinze ans. Ses parents ont voulu suivre l'exemple d'une partie de la famille qui s'était installée ici avec succès quelques années auparavant. Si l'adaptation à cette nouvelle vie s'est faite sans problème pour ses parents, sans doute parce que c'était leur choix, les premiers mois en France ont été difficiles pour Jamel. Peu de kilomètres séparent le Maroc de l'Europe, mais les différences culturelles sont importantes. Un peu plus jeune ou un peu plus âgé l'adaptation aurait sans doute été plus simple, mais à quinze ans, forcément, un tel Big Bang est mal vécu. Aujourd'hui adulte, alors que les parents sont rentrés au pays profiter de leur retraite, il a préféré rester en France, à Bordeaux, parce que sa vie est désormais ici. « De toute façon », dit-il, « je ne suis nulle part vraiment chez moi, je ne suis plus vraiment marocain et je ne suis pas vraiment français ». Pourtant il est bel et bien français. Il a demandé la naturalisation à l'âge de vingt ans, à l'époque essentiellement pour voter. À sa façon de parler de cette histoire, j'imagine l'adolescent qu'il était. Il perd toute la force et la confiance en lui qui le caractérisent habituellement dès qu'il parle de son arrivée en France. Il est très touchant dans ces moments-là. Comme Yoko il a gardé un lien avec son pays dans son métier, il est commercial chez un grossiste de produits orientaux. Pour chacun d'entre nous, si le futur est toujours à construire avec liberté, le passé ne se fait pas longtemps oublier.

Dimanche 8 janvier

Le dimanche midi est un moment particulier à la coloc, c'est le seul repas de la semaine obligatoirement en commun. Pour tous les autres repas, chacun s'organise selon son emploi du temps et ses envies, même si en pratique on improvise souvent des déjeuners ou dîners à deux, trois ou quatre. Le dimanche, par contre, c'est du sérieux : c'est prévu et organisé. Souvent un brunch, parce qu'on est tous plus ou moins lève-tard. C'est aussi l'occasion de partager les spécialités de nos pays respectifs. Rien d'exotique aujourd'hui, mais un vrai menu du dimanche : un poulet rôti et ses pommes de terre, et en dessert, évidemment, une galette des rois. De quoi bien finir les festivités des trois mecs qui suivent l'Étoile du Berger pour apporter leurs cadeaux en robe de chambre. La galette est évidemment à la frangipane, pas de pommes ou chocolat, pas de ça chez nous, je suis intransigeant sur les traditions ! Heureusement qu'il n' y a pas de Bordelais de naissance à la coloc, on s'évite ainsi la brioche des rois !

La plus âgée d'entre nous, c'est-à-dire Victoria, a découpé la galette, tandis que le plus jeune, Jamel, assis sous la table, a indiqué à qui est destinée chaque part.

Yoko a trouvé la fève, nous avons alors procédé à un cérémonial digne du couronnement d'Elisabeth II « Yoko, nous vous faisons reine de la colocation, au nom du Dieu des festivités, du vin et la gastronomie, nous vous remettons cette couronne, symbole de votre pouvoir souverain ». Après avoir pris une petite photo souvenir, nous avons bu un peu de cidre. Vive la reine !

Lundi 9 janvier

Du café dans mon bol
La moitié qui se renverse sur le sol
Et un peu sur mon col
Cette journée qui commence est vraiment folle
Je préférerais faire une farandole
Ou au moins avoir une demi-molle
L'idéal serait d'être un rossignol
Un tournesol
Ou une girandole.
Bon, je crois que je vais plutôt m'ouvrir une bouteille de Pomerol.

Mardi 10 janvier

Quand je rentre du travail, Victoria est en train de réparer le grille-pain. L'éjection automatique ne fonctionne plus depuis quelques jours et, si j'ose dire, l'éjection faciale du matin nous manque tous ! Victoria, c'est la manuelle du groupe, et c'est bien utile pour la qualité de vie de la colocation ! Elle sait tout réparer, bricoler, améliorer avec ses dix petits doigts ! Elle m'impressionne ! Elle est venue en France pour suivre son copain français qu'elle a rencontré en Argentine. Si la relation a duré de longs mois en Argentine, elle n'a pas résisté au changement de continent. Quelques jours sur le sol aux mille fromages ont suffi pour que l'amour ensoleillé sud-américain se transforme en orage d'été.

Toute une relation détruite en quelques jours comme une violente averse de grêle saccagerait complètement un jardin en quelques minutes. Elle aurait pu rentrer en Argentine, mais pour elle c'était un aveu d'échec. Elle est donc restée à Bordeaux et a créé la coloc avec nous.

Victoria a un caractère... On va dire fort. On l'entend parfois de loin jurer comme le Capitaine Haddock « Hijoputa cabrón bastardo de mierda ». Mais en vrai, derrière ce tempérament de feu, il y a une personne adorable et surtout généreuse. D'ailleurs ses colères sont rarement adressées à une personne, mais à elle-même ou à une situation. Elle travaille pour une société de dépannage en tous genres : électricité, chauffage, plomberie... Elle envisage de créer sa propre entreprise. On l'encourage tous, mais elle préfère prendre son temps. Malgré son dynamisme, elle n'aime pas prendre des décisions trop rapidement.

Mercredi 11 janvier

Allongé sur mon lit, je ferme les yeux et je rêve de voyage dans l'espace, de prendre de la hauteur, de me libérer de la pesanteur.

Je m'imagine là-haut, flottant dans la Station Internationale, drapeau tricolore sur la poitrine et énorme casque de verre sur la tête. Je me déplace dans la station, libre, léger, serein.

Je rouvre les yeux, et si mon corps s'enfonce dans le lit, mon esprit s'est libéré, flottant dans une station de bien-être.

Jeudi 12 janvier

Si hier j'avais la tête dans les étoiles, ce soir c'est nettement plus terre à terre avec Jamel : on fait tous les trucs administratifs qu'on a entassés dans un coin depuis des semaines parce que c'est chiant et qu'il y a toujours plus intéressant à faire.

On essaye de se motiver mutuellement, mais je ne comprends rien à tous ces documents administratifs et ça me saoule au bout de cinq minutes à peine. Je pète direct un câble et sans prévenir je fais une imitation de Zézette dans Le Père Noel est une ordure « Et bah voilà, et bah voilà, eh bah ça c'est tout la Sécu ça ! Ils vous donnent un numéro, ça rentre même pas dans les cases ».

Jamel qui ne connaît pas le film me regarde sans comprendre, mi-amusé, mi-inquiet. J'éclate de rire en voyant sa tête.

Comme quoi, faire ses papiers, ça peut être amusant !

Vendredi 13 janvier

Vendredi treize
Je suis chaud comme la braise
Mais j'ai peur du malheur
Que ça me déchire le cœur
Vendredi treize
Je suis pas assez balèze
J'ai peur aussi du bonheur
Que ça me déchire encore plus le cœur
Vendredi treize
Bonheur ou malheur
Peu importe : j'ai peur

Samedi 14 janvier

Aujourd'hui à la librairie, notre petit habitué Papy René est passé nous dire bonjour. Il passe souvent nous voir, sans forcément acheter quelque chose, juste pour discuter un peu. Ce sont des moments qu'on aime bien, mais aujourd'hui comme tous les samedis on a du monde alors on est obligé de gentiment le virer et de lui expliquer que c'est mieux de passer lundi ou mardi. Mais comme d'habitude, il fait semblant de ne pas entendre et nous fait le résumé de ce qu'il a entendu aujourd'hui sur France Inter ou France Culture, les deux radios qu'il écoute en alternance toute la journée. Avant de partir il raconte sa blague, comme à chaque visite « Deux lesbiennes vampires discutent : - Allez, à dans 28 jours ! »

Dimanche 15 janvier

Cet après-midi à la coloc, après le brunch, on s'installe tous dans le salon avec nos boissons chaudes. À défaut de refaire le monde, on refait nos vies... « Et si... »
On a lancé ce petit jeu d'imagination il y a quelques semaines « Et si j'étais riche... », « Et si je vivais au XVIIIe siècle »...
Depuis on le refait souvent, généralement après le brunch du dimanche. Aujourd'hui le thème c'est « Et si je ne devais manger qu'un seul plat jusqu'à la fin de ma vie ».
Yoko commence et sans surprise elle choisit un plat traditionnel français, le coq au vin. Un tacle amical de Victoria ne se fait pas attendre, « Du coq... ! Avoue ! C'est juste le vin que tu aimes ! ». Yoko la dévisage quelques secondes, on ne plaisante pas avec la cuisine française !
Jamel poursuit, « Et si je devais manger qu'un seul plat jusqu'à la fin de ma vie, ça serait un plat de mon papa... Et oui c'est mon papa qui cuisine à la maison... Des lasagnes ! Oui, il cuisine les meilleures lasagnes au monde ! Par contre il ne sait pas très bien faire le couscous et le tajine. Les clichés ont la vie dure à la maison ».
Victoria enchaîne directement « Un seul plat ? Pour toute la vie ? La mejor carne del mundo ! Un énorme morceau

15

de bœuf argentin ! Et puis ça me rappelle le pays qui me manque parfois... »
Je termine, ce tour de table basse « j'aime bien tous les plats que vous avez dits, mais moi le plat que je pourrais manger tous les jours jusqu'à la fin de ma vie serait la pizza quatre fromages ! Mais je choisirais uniquement des fromages français », je fais un petit clin d'oeil à Yoko, qui me le rend discrètement.

Lundi 16 janvier

Il paraît qu'aujourd'hui c'est la journée la plus déprimante de l'année, « le blue monday » : c'est l'hiver, les fêtes sont passées, le compte bancaire est vide, les résolutions de nouvelle année sont loin...
Et c'est vrai que... Ouais... J'ai envie de rester au lit, de ne rien faire...
Bon... J'apprends que la formule mathématique qui permet de trouver la date de ce jour est une pure invention de publicitaires d'une agence de voyages pour vendre des séjours au soleil...
Zut... Je n'ai plus de bonnes raisons d'être légèrement déprimé... Pourtant ça me plaisait bien cette journée déprime ! C'est trop injuste !

Mardi 17 janvier

J'ai pas envie de sortir mes rames
Pour trouver des rimes
En plus j'ai un gros rhume
Alors je vais boire un rhum
Et après j'irai à Rome
Dans des soirées backrooms

Mercredi 18 janvier

Une fois n'est pas coutume, je vais parler météo... J'en ai

psychologiquement besoin ! Vraiment ! Je n'en peux plus de ce froid ! Je peux vous dire qu'on supporte son slip !

Jeudi 19 janvier

Un type est venu chercher Sarah, ma collègue, à la fermeture de la librairie. C'est la première fois que quelqu'un vient la chercher... C'est qui lui ? Elle ne parle jamais de sa vie perso... Franchement, il a une gueule de con. Ça se voit tout de suite que ce n'est pas quelqu'un de bien. Mais oui vas-y, fait le malin avec ta moto ! Ça ne te rendra pas plus beau ! Ça ne te rendra pas moins con ! Tu sais, je vais te surveiller de près, tu n'as pas intérêt à la rendre malheureuse. J'aurais dû l'inviter à boire un verre il y a longtemps. Et si c'était sérieux cette histoire ? Je fais comment moi ? Putain, mais c'est pas compliqué de proposer de boire un verre ! Pourquoi je bloque comme ça ?... Ça signifie peut-être que ce n'est pas ça la solution... Mais oui c'est ça ! Il faut que je trouve quelque chose de plus original où je serai plus à l'aise.
Quelques idées en vrac : offrir une rose par jour, lui écrire une chanson, remplir son sac de post-it cœur, lui envoyer une lettre d'amour en recommandé avec avis de réception...
Après un an, je ne sais presque rien de toi Sarah... Comment te séduire ?

Vendredi 20 janvier

Je regarde un reportage sur Trump à la télé. Je ne devrais peut-être pas dire ça mais je le trouve plutôt rigolo. Franchement, quand on a des cheveux comme ça, on ne peut pas être complètement mauvais, c'est signe d'une grande humanité intérieure. C'est obligé. Et puis la couleur blé c'est quand même un beau symbole de richesse et de culture. J'aime bien aussi ses mimiques, sa façon de bouger les lèvres, d'ouvrir les yeux. On dirait un

personnage d'une comédie anglaise. Avec la finesse de l'humour anglais en moins, certes, mais l'humour gros lourd américain, c'est bien aussi. C'est quand même source d'inspiration des créateurs des Simpsons depuis trente ans. Et puis la polémique avant son élection « attraper les femmes par la chatte » n'a pas de sens, ou alors il faut faire le même procès à Yves Duteil pour « prendre un enfant par la main » !
Bon en vrai il me fait peur, alors je préfère en rire.

Samedi 21 janvier

« Yoko, oh no ! », est sans doute la blague que je fais le plus souvent. A la moindre déception ou échec exprimé par Yoko, je sors cette petite phrase. Pour être honnête ça ne fait rire que moi ! Généralement Yoko me regarde sans rien dire, en souriant poliment, et attend sagement que je passe à autre chose.
Pour ne pas faire de jaloux, j'ai trouvé une petite phrase pour tout le monde : « Jamel toi de ce qui te regarde » et « Victor y a qu'à faire ça ». Leurs réactions sont un peu différentes, tandis que le premier rit avec moi par gentillesse, la deuxième me répond généralement avec un ton légèrement condescendant, comme par exemple, « Lucky, ça n'était pas drôle la première fois, ça ne peut pas le devenir la dixième fois... » puis me tapote sur l'épaule pour exprimer une complicité.
Ce soir, les rôles ont été inversés : Jamel m'a demandé « Monsieur et Madame Sting on un fils... », je donne ma langue au chat et il donne la réponse « Lucas » ; Yoko enchaîne « Quand tu réponds non, on peut dire que Lucky nie ».
C'est alors que Victoria me dit d'une voix basse, ce qui est inhabituel chez elle, et avec un air désolé « J'ai cherché, j'ai rien trouvé... ».
Je me demande bien de quoi ils ont parlé pendant mon absence pour avoir eu cette idée. Mais c'était bien sympa !

Dimanche 22 janvier

Je m'intéresse beaucoup aux faits divers. Sans doute en raison d'un voyeurisme que je n'assume pas vraiment, mais aussi parce que ces horribles histoires montrent une inhumanité paradoxalement tellement humaine : jalousie, pulsions, mensonges, folie… Le pire de l'humain concentré sur un acte. Ça me passionne.

Aujourd'hui est annoncée dans les journaux une de ces histoires dont on entend parler pendant longtemps, l'enquête sera sans doute très longue. Peut-être même jamais résolue. Toute une famille mexicaine, les deux parents et les deux enfants, assassinée dans leur chambre d'hôtel parisien. On raconte que même l'ourson en peluche du plus jeune enfant a été retrouvé décapité.

Lundi 23 janvier

Quand j'étais aDo
Je suis allé un été à L'île de RÉ
Avec mes parents et un aMI
Que j'ai rencontré au baFA
On allait à la plage avec un ballon, une raquette, un paraSOL
Et une grande bouteille fraîche de CoLA
La vie est si belle ainSI

Mardi 24 janvier

Olivier, notre pote stewart, est à la coloc ce soir pour l'apéro. Souvent en vadrouille aux quatre coins du ciel, on ne le voit pas souvent, alors c'est toujours un évènement quand il passe un moment avec nous. On l'aime bien notre Olivier. Il a un charme fou. Et comme une femme l'attend à chaque aéroport, il semble que toute la planète soit d'accord avec nous. Si les femmes de tous les continents doivent partager son amour, il en est de même

concernant son amitié. Je n'ai jamais vu quelqu'un connaître autant de monde ! Mais quand il est avec nous, il est vraiment avec nous. Le portable est éteint et il nous écoute avec une exceptionnelle attention. Mais ce que j'aime le plus, c'est l'écouter nous raconter ses aventures dans le ciel et sur la terre des cinq continents. J'adore ses anecdotes, je ne sais pas si c'est à cause du manque d'air mais les passagers dévoilent leurs grains de folie pendant les longs trajets en altitude ! Du passager coquin « je suis ravi de m'envoyer en l'air avec vous », au dépucelé du voyage en avion très heureux de sa première expérience qui prend tout en photo et pose mille questions au personnel de bord « vous travaillez pour cette compagnie depuis longtemps ? », « Vous faites quoi derrière là-bas ? », « On peut voir le pilote utiliser son manche ? », en passant par le parano qui s'inquiète du moindre détail et part complètement en vrille « C'est quoi ce bruit ? Il y a un problème ? Vous pouvez pas le dire ? C'est ça ? On va s'écraser ? Pourquoi vous mentez ? » puis qui prend à partie tous ses voisins de siège « ils mentent ! C'est pas normal ce bruit ! On va s'écraser ! On va s'écraser ! ».
Encore une fois, telle une tornade, Olivier est reparti aussi vite qu'il est arrivé, mais pas de dégât à constater, juste la conscience qu'on a passé un bon moment.

Mercredi 25 janvier

Ah ! Papy René est passé à la librairie aujourd'hui ! Et comme il a eu la bonne idée de passer au moment où c'était plutôt calme on a pu discuter tranquillement. Pour une fois on n'a pas eu droit au résumé de ce qu'il a entendu à la radio. « J'étais à Paris avec le club du troisième âge hier ! Ah là là ! Qu'est-ce que c'est beau ! La Tour Eiffel ! Première fois que je la voyais en vrai ! Je voulais aller voir les petites femmes de Pigalle, vous connaissez ma passion pour Serge Lama, évidemment, mais les organisateurs ont refusé. Du coup je me suis

20

rabattu sur la mère Polignac que j'ai draguée pendant le trajet en car. Elle m'a évité toute la journée mais je crois que je vais conclure ».

Papy René nous raconte ça avec un grand sourire, cela nous amuse beaucoup mais on se demande comment la pauvre Madame Polignac va faire pour supporter son nouvel ami bien trop collant.

Quand on lui demande des précisions sur la journée à Paris, il répond « On a vu plein de tableaux dans les musées ! J'ai adoré ! Bon, les paysages ça m'a vite lassé, quand on en a vu un, on les a tous vus... Mais les nus ! Ça c'est de l'art ! Ça c'est de la culture ! On a même vu l'origine du monde ! Des vieilles peaux étaient choquées... Moi, ça m'a bien plu ! ».

Il s'arrête d'un coup, le regard dans le vide pendant quelques secondes, puis nous dit qu'il doit partir, sort, rentre à nouveau cinq secondes après, « J'ai oublié la blague ! Quelle différence y a-t-il entre une vierge et Paris? », il attend à peine notre réponse et continue rapidement, « Paris sera toujours Paris. Bonne soirée ».

Jeudi 26 janvier

L'autre débile continue de venir chercher Sarah à la débauche. Toujours en moto, toujours avec sa gueule de connard, toujours avec mon petit cœur qui saigne. Dans la journée, quand on réceptionnait les livraisons du jour, j'ai failli lui poser des questions sur cette relation, mais comme elle ne parle jamais de sa vie je ne sais pas comment amener cela dans la conversation. On parle de tout, de rien, de Papy René, de moi... mais jamais d'elle.

Putain mais je suis con ! De nos jours la meilleure façon de connaître quelqu'un est d'aller voir son profil Facebook ! Elle est peut-être moins discrète sur les réseaux sociaux que « IRL, In Real life ». Ah ! Je l'ai trouvé ! Bon, tout est protégé mais j'ai tout de même accès aux photos de profil. Elle est toujours toute seule dessus, pas de Monsieur Gueule de Connard en vue. Je regarde la liste des amis, une cinquantaine, pas d'ami en commun et pas de Monsieur Gueule de Connard ici non plus... Ah si, c'est le dernier de la liste ! Oh ! Mais ? Ils ont le même nom... Mais c'est son frère ! Oh ! Je t'aime Monsieur Gueule de Connard ! Je t'adore ! Je te kiffe !

Vendredi 27 janvier

Quand je rentre du travail, je trouve Yoko dans le salon, visiblement pas très en forme. Elle n'est pas la personne la plus expansive mais il n'a pas fallu longtemps pour qu'elle m'explique ce qui ne va pas. « J'ai le mal du pays Lucky, j'adore ma vie ici, la culture française est ma culture, mais pour la première fois en plus de dix ans mon pays natal me manque. Et je ne sais pas pourquoi. »
Je lui demande alors si c'est sa famille qui lui manque ou sa vie au Japon.
« Je ne sais pas... Par mon métier j'ai gardé un lien assez fort avec la culture japonaise, donc c'est peut-être ma famille qui me manque... Oui c'est peut-être ça... Je ne sais pas... »
Je lui réponds alors « Ça fait super longtemps que tu n'es pas rentré au Japon, même pour quelques jours pour des vacances. Il est peut-être temps de prévoir un petit séjour là bas. Et tu verras après ce que tu souhaites à plus long terme »
Yoko me sourit quelques secondes puis me dit : « Oui... Tu as raison, ça fait trop longtemps... J'ai pas mal de travail à finir dans les prochaines semaines mais je peux prévoir ça pour le printemps ».
Elle me propose du thé, elle va le préparer dans la cuisine, mais revient dans le salon très rapidement « Et si tu venais avec moi ? Tu pourrais passer quelques jours chez mes parents avec moi et faire les visites que tu souhaites. Je sais que tu as toujours voulu aller au Japon. »

« Ah... Oui !, j'adorerais ! Je pense que je pourrais poser des congés fin mai... Je te confirme ça lundi soir ! »
Je vais aller au Japon !

Samedi 28 janvier

Je suis comme un petit fou à imaginer mes vacances au Japon avec Yoko. On a proposé à Victoria et Jamel de venir, mais ce n'est pas possible pour eux. On s'organisera un petit séjour dans une capitale européenne tous les quatre un peu plus tard.
Aujourd'hui mes pensées alternent entre deux obsessions : mon voyage au Japon et Sarah.
Je n'aime pas quand mon cerveau reste en boucle sur les mêmes sujets, c'est comme si je n'étais plus maître de moi-même, je ne maîtrise plus rien, ça m'épuise...
J'essaye de m'occuper, mais j'ai envie de ne rien faire alors que d'habitude je manque de temps pour toutes mes envies. Du coup je glandouille, et arrête une activité avant même de l'avoir vraiment commencée.
Ça se termine seul devant la télé, à zapper toutes les trente secondes en buvant un chocolat chaud.
Un jour pour rien, un jour de repos, un jour pour penser au futur.

Dimanche 29 janvier

Dans l'affaire de « l'ourson à la tête coupée », sympa le nom médiatique pour les victimes humaines, la police annonce un nouvel indice. Le réceptionniste aurait vu à son guichet la veille du drame, un homme d'une trentaine d'années « un peu bizarre et aux propos incompréhensibles ».
Autant dire qu'ils n'ont rien du tout...

Lundi 30 janvier

Monsieur Dumoulin, mon patron, est d'accord pour mes congés fin mai ! On va pouvoir partir avec Yoko du 22 mai au 31 mai ! On n'a pas perdu de temps, on a réservé aujourd'hui nos billets d'avion !
C'est officiel ! Dans quatre mois, je suis au Japon !

Mardi 31 janvier

La nuit j'aime regarder le cieL
Une espérance dans le coeur et un peu perdU
Comme un canard seul au milieu d'un laC
Avant de se coucher croyons à sa barakA
Se souvenir que le bonheur c'est comme un carré d'aS

Mercredi 1er février

Quel petit rigolo Papy René ! Un vrai gamin ! Pendant que je prends la commande d'un client, il se place derrière ce dernier et imite ses gestes. Il s'arrête quelques secondes pour me faire deux ou trois grimaces puis recommence. Et ainsi de suite jusqu'au départ du client. Lorsque nous nous retrouvons seuls, Monsieur Dumoulin est dans la réserve et Sarah en congé, il me montre immédiatement une vieille une du Canard enchaîné en couverture d'un livre en vente à la librairie « François Fillon proteste devant les enquêteurs : Mais puisque je vous dis que Pénélope n'a rien fait ! »
Je n'ai pas le temps de dire un mot qu'il commence son long monologue « Je l'aime bien la petite Pénélope, et mon amour, lui, n'est pas fictif ! Et avec moi, elle n'aurait pas fait pas la une des articles politico-judiciaires mais la une des journaux people. J'imagine déjà le titre : « Pénélope et René : ils s'aiment ! Elle n'a pas résisté à son humour, il a craqué pour ses confitures. » Dévastée d'être une victime collatérale silencieuse de l'ambition de son mari, elle aurait tout quitté pour moi. Le journaliste raconterait en détail la première rencontre, belle comme une comédie romantique. Pendant que François Fillon vit sa nouvelle vie professionnelle, Pénélope fait le plein d'évasion ici même, dans cette librairie, au rayon poésie. Elle est devant moi, elle est belle, mon cœur bat fort. Je lui offre un petit livre "Je vous aime : les plus belles lettres d'amour", je laisse un petit mot à l'intérieur accompagné de mon numéro "Oubliez l'épouse, oubliez la mère, avec moi soyez simplement la femme que vous êtes". Une heure plus tard, elle m'aurait appelé... »
Il s'arrête de parler, un léger sourire aux lèvres, ses pensées visiblement loin de moi. Il sort en me disant au revoir, et oublie, volontairement ou non, la traditionnelle blague. C'est à la fois touchant et inquiétant de le voir ainsi.

Jeudi 2 février

C'est la Chandeleur ! Miam-miam ! Des crêpes ! Eh oui, on ne rate vraiment aucune tradition à la coloc, surtout quand elle consiste à manger ! En préparant la pâte à crêpes, j'ai eu comme un flash, une révélation... Une révélation d'ignorance... C'est quoi la Chandeleur ? Pourquoi des crêpes ? Comme je n'aime pas ne pas savoir et que j'ai la chance de vivre à notre époque, je recherche immédiatement sur internet. À ma grande surprise c'est une fête religieuse ! Quarante jours après Noël on fête la présentation de Jésus au temple. Ceci clôt le cycle de la nativité, c'est traditionnellement à cette date qu'on range sa crèche. Comme d'habitude l'Église catholique a récupéré une vieille fête païenne de l'Empire Romain, la fête des Lupercales en l'honneur de Faunus, divinité des troupeaux et de la fécondité. Le mot Chandeleur vient de fête des chandelles, en raison des processions aux chandelles effectuées à l'origine.
Et les crêpes dans tout ça ? Le pape Gélase distribuait des crêpes aux pèlerins qui arrivaient à Rome. Les crêpes, par leur forme ronde et dorée, rappellent le disque solaire et évoquent le retour du printemps après l'hiver sombre et froid.
Voilà, c'était la minute culturelle, maintenant il est temps de faire sauter les crêpes de la main droite en tenant une pièce de la main gauche... Mais d'où vient cette tradition ?

Vendredi 3 février

Je pensais être discret, mais en fait non. À moins que Monsieur Dumoulin ait particulièrement l'œil. Cet après-midi, il est venu me voir, dans un premier temps avec un ton un peu sec « Ta vie privée ne me regarde pas mais je veux pas qu'il y ait le bordel ici », je ne comprends pas ce qu'il me dit avant qu'il ne poursuive avec un ton beaucoup plus doux, voire sympathique « offre-lui des fleurs, ça marche toujours les fleurs ».

Oh là là… Comment il a compris ? Pourquoi il me dit ça comme ça ? Est-ce qu'il a aussi dit quelque chose à Sarah ? Est-ce qu'elle a également remarqué quelque chose ? Ça va me rendre fou cette histoire…

Et d'ailleurs, de quoi se mêle lui ? C'est la première fois qu'il me fait un coup comme ça.

Des fleurs ? Tout simplement des fleurs ? Sans doute parce que ça rime avec « j'ai peur ».

Samedi 4 février

Quand je suis assis seul à la terrasse d'un bar, une pinte de bière blanche devant moi, j'adore regarder, j'adore écouter les tables d'à côté…

Euh… Quand je dis écouter les tables d'à côté, c'est évidemment une façon de parler…

Les tables ne parlent pas !… Ou alors c'est une table connectée avec haut-parleurs intégrés… Un robot-table en quelque sorte… Ça me fait peur le concept de robot-table… J'imagine un film hollywoodien avec un robot-table qui s'appellerait Jorky et qui deviendrait fou : il dirait non-stop des insultes et agresserait la population apeurée de New York en faisant d'énormes bonds. Bien sûr à la fin Bruce Willis sauverait la veuve et l'orphelin en sciant les quatre pieds et en arrachant avec les dents les fils des haut-parleurs. Mais en France on n'a pas de Bruce Willis pour nous sauver, on a juste Jean Dujardin ou Benoît Magimel alors j'ai toutes les raisons d'être inquiet de la radicalisation des robots-tables…

J'ai peur des robots-tables !

J'adore, donc, regarder et écouter mes voisins de table, en particulier lorsqu'il s'agit de deux amis. Deux mecs, deux meufs ou un gars et une fille, peu importe, le duo amical dégage quasi toujours une sincérité, une joie de vivre et une énergie positive. Il faut bien reconnaître que les couples d'amoureux, même s'ils ont des petites gueules bien sympathiques sur les bancs publics ou ailleurs, ne dégagent pas toujours cette énergie si particulière. Peut-être parce qu'ils dépensent cette énergie dans l'intimité et qu'il n'y a plus rien à transmettre au voisin de terrasse seul devant sa bière blanche... Ils pourraient au moins faire une sex tape bordel !

Avez-vous déjà regardé un duo amical, n'ayons pas peur des mots, un couple d'amis ?

C'est très beau, assis face à face, les yeux dans les yeux, ils dansent selon l'envie et le moment un tango des verres qui trinquent, une valse de la discussion intime, une macarena de l'humour ou un lindy hop de la complicité.

Tout semble simple, les paroles sont accessoires, c'est juste un complément comme une bande-son dans un film, le regard et la complicité jouent les premiers rôles.

Quand je suis assis seul à la terrasse d'un bar, une pinte de bière blanche devant moi, j'adore regarder, j'adore écouter les tables d'à côté... Assis seul en terrasse je ne suis pas vraiment seul, je suis avec la générosité de mes voisins d'un jour, sans le savoir ils me rendent heureux.

Dimanche 5 février

C'est dimanche ! On prépare un brunch un peu spécial pour fêter le Nouvel An chinois. Nems, samoussas, riz cantonais, crevette, jus d'ananas, litchis, thé : on déguste tous les classiques de cette cuisine.

Tout le monde est particulièrement en forme aujourd'hui, Yoko a retrouvé le moral depuis que notre séjour au Japon s'organise, tandis que Jamel et Victoria se taquinent depuis le réveil avec une énergie aussi décoiffante que des tempêtes tropicales.

Pendant le repas on se met d'accord sur notre petit séjour à quatre : ça sera Lisbonne, pour le premier week-end du printemps, week-end légèrement allongé, du vendredi 24 mars au lundi 27 mars. On réserve les billets d'avion dans la foulée ainsi que la location d'une petite maison.

Lundi 6 février

J'attends sous une grange
Je dessine un losange
Je vois un archange
Il me dit achète une orange
Je la mange
Rien ne change

Mardi 7 février

Ce soir, pendant que les filles sont de sortie, avec Jamel on reste à l'appartement et on fait des petites parties de yam. Une éternité que je n'avais pas joué à un jeu de dés ou de cartes. Et bien quel plaisir ! Vraiment ! Plaisir nostalgique dans un premier temps, c'est pour moi un doux rappel des journées de vacances de mon enfance à jouer, des après-midis entiers, avec un copain au nain jaune, au yam, à la belote ou à la crapette. Plaisir du présent dans un second temps, loin d'un écran, proche de mon pote, un joli petit moment de partage et de simplicité.
Et puis j'aime bien ce jeu, c'est calme, c'est reposant, pas besoin de se concentrer, on peut discuter en même temps.
Ce soir, je porte mal mon nom, le vrai chanceux ce n'est pas moi mais Jamel. Il a gagné, et largement, les trois parties. Pour le taquiner, je l'ai soupçonné de triche. Non, non je ne suis pas mauvais joueur ! Et puis je sais bien que j'ai également gagné ce soir. J'ai gagné une belle soirée de plaisir. La plus jolie des victoires.

Mercredi 8 février

Papy René est plus calme que d'habitude aujourd'hui, il attend sagement dans un coin de la librairie que l'on soit disponible pour venir discuter. Je suis le premier à finir avec un client alors je vais directement le voir. Après un rapide bonjour, il me dit tout bas dans l'oreille : « Elle est mignonne ta petite collègue... Qu'est-ce que tu attends pour attaquer ? »

Non mais franchement il ne va pas s'y mettre lui aussi. Qu'est-ce qu'ils ont tous avec ça ? C'est assez compliqué comme ça, s'il faut gérer en plus les remarques de tout le monde... Puis il enchaîne : « Non parce que si tu n'y vas pas, moi je tente ma chance, elle me plaît bien cette petite... Tu sais les jeunes filles aiment bien les hommes d'expérience et... »

Pour être honnête, ça ne m'amuse pas vraiment. Il y a des sujets comme ça, alors je change de conversation « Dites-moi plutôt, vous en êtes où avec Madame Polignac ? », il me répond alors de façon bien plus romantique que d'habitude « J'ai vraiment exagéré pendant le voyage à Paris, je laisse passer quelques jours, puis je lui offrirai une rose par jour jusqu'à ce qu'elle me dise oui ».

Dans un premier temps surpris de son discours, je lui fais tout de même remarquer que certes c'est mignon mais que ça n'est pas moins du harcèlement, il me répond alors calmement « Elle pourra me dire stop à tout moment, mais elle me dira oui, très vite... »

Décidément, je ne le reconnais pas aujourd'hui, et encore moins avec sa toute gentille blague du jour : « Un fou rentre chez lui et son horloge sonne 3 coups. "Oh, ça va ! Je sais qu'il est une heure, pas la peine de le répéter trois fois ! " »

Jeudi 9 février

Les larmes qui ne coulent pas, elles deviennent quoi ?
Est-ce qu'elles attendent sagement juste derrière les yeux la prochaine tristesse, le prochain bonheur ? Ou bien sont-elles recyclées régulièrement afin d'être vierges de toute émotion passée ? Et l'amour que l'on ne donne pas, il devient quoi ? Il se stocke dans le cœur pour une

utilisation future ou bien disparaît-il à jamais ? Est-ce qu'un cœur peut exploser d'un trop-plein d'amour non partagé ?
Ne prenons pas ce risque, aimons-nous dès maintenant et pour toujours.

Vendredi 10 février

J'ai fait un cauchemar vraiment bizarre cette nuit. Je suis seul dans la rue et des inconnus viennent à tour de rôle me dire tout bas « parle à Sarah ». Je lève la tête, toutes les publicités sont remplacées par des affiches sans image avec uniquement le texte « parle à Sarah ». C'est alors que des zombies m'encerclent et me crient d'une voix rauque « parle à Sarah ! », j'arrive à m'enfuir, je prends une rue à droite, je tombe sur une énorme manifestation de la CGT, il y a d'énormes banderoles avec la photo de Sarah, des enfants ont écrit sur leur front le prénom de ma collègue, puis l'ensemble des manifestants chante en boucle « Lucas, faut lui parler, aucune, aucune, aucune hésitation ».
Ils enlèvent la peau de leur visage, ce sont des extra-terrestres ! Ils sont des centaines, ils me portent chacun leur tour en me passant de main en main, ils prononcent en boucle le prénom de Sarah, je crie, je crie de plus en plus fort.
C'est à ce moment-là que je me réveille, en sueur. Je crois que mes sentiments me rendent fou. Vraiment...

Samedi 11 février

Ce soir à l'appartement on s'amuse comme des fous !
C'est carnaval de Venise ! On se gondole de rire sous nos masques avec la vingtaine de copains invitée pour l'occasion ! Les bouteilles se vident à une vitesse folle, l'ambiance est vite survoltée. On chante, on danse, on parle très fort...

31

Sans le vouloir, et à notre grand désespoir, on pousse la ressemblance avec la Cité des Doges dans ses principales particularités : les canaux et les inondations. Je ne sais pas quel abruti alcoolisé a laissé le robinet de la salle de bain ouvert avec le bouchon de caoutchouc dans le lavabo. Il n'a pas fallu longtemps pour que le lavabo laisse couler le trop-plein sur le sol et qu'un petit tapis d'eau recouvre toute la pièce. Il a fallu éponger tout cela, et avec une bande d'ivrognes autour ce n'est pas simple. Heureusement pas de gros dégâts, Victoria promet de remettre en état ce qui est abîmé. La fête reprend son cours, je surveille tout ce petit monde du coin de l'œil mais je vais être honnête, je suis désormais dans le même état qu'eux.

Dimanche 12 février

Lendemain de fête forcément compliqué. Mal de tête, mal de ventre, je meurs... Mais c'était vraiment une chouette soirée !
L'inondation... J'avais oublié ça... La salle de bain a bien morflé. Et Victoria qui me soutient qu'elle n'a jamais dit qu'elle réparerait tout ça... Bon j'arrive finalement à obtenir un : « Je n'ai jamais dit ça hier mais je n'ai jamais dit que je ne le ferai pas... »
Exceptionnellement pas de grand repas en ce dimanche, chacun se repose de son côté, c'est le repos des guerriers...

Lundi 13 février

Des feuilles, des enfants, une agrafeuse, un lampadaire, une flaque, un livre de poche, une poche de livres, une boîte aux lettres, un gyrophare, une arobase, un paquet de bonbons, un graffiti, une poubelle, une voiture grise, un stylo à bille, un téléphone portable, le nombre 226, une fleur rouge, une pièce de deux euros, un verre, un plan de la ville, une écharpe, une écharde, des lunettes de soleil, un arc-en-ciel, des chaussures de ville, un jeton de caddie, une brique de lait, la lettre A, une paire de ciseaux, des bateaux, des clés, une carte bancaire, une affiche de film, une montre suisse, un cartable, un paquet de cartes à jouer, un dromadaire, une fenêtre, des épines, du chocolat, une cible, un vélo.

Avouez-le... Vous aviez oublié que j'aime les inventaires à la Prévert...

Mardi 14 février

C'est la Saint Valentin... Nous sommes une coloc de célibataires alors tout le monde s'en moque un peu. Une belle équipe de célib' à terre ! Non, en vrai c'est juste pour le bon mot. Ça va... Bien sûr, j'aurais aimé passer la soirée avec Sarah, elle continue de hanter mes pensées, mais je ne vis pas mal le principe d'être célibataire. Les autres, je ne sais pas trop, je pense que tout le monde fait avec et se contente avec plaisir de relations d'un soir. Cela dit pour la blague je propose aux copains de faire un dîner romantique tous les quatre avec chandelles et jolies chansons d'amour en fond sonore. Et puis si l'amitié n'est pas de l'amour... Qu'est-ce c'est ? On peut faire des œufs sur le plat en forme de coeur avec la poêle spéciale que j'ai achetée récemment en solde. Je la trouve marrante cette poêle ! On peut aussi manger un neufchâtel. Pour le dessert, je fais confiance à Jamel pour faire un excellent gâteau. En forme de coeur ! Bien sûr !

Cela dit, mon enthousiasme s'arrête vite, Yoko et Jamel sont d'accord pour la soirée, mais visiblement Victoria a mieux à faire « Il y a le PSG ce soir ! Je vais au pub regarder le match avec Nico, Seb et Chloé... Vous pouvez tous venir ! »

Ce n'est pas faute d'en avoir entendu parler, mais j'avais complètement oublié. Eh oui, c'est visiblement un risque de conflit important pour ce jour particulier ! Pas de

conflit pour nous : on organise le dîner plein d'amour avant le match et après tous direction le pub. Le foot je m'en fout, mais une bonne bière, ça ne se refuse pas !
Pas de doute, on s'aime ! Et je n'ai pas attendu la Saint-Valentin pour le savoir !

Mercredi 15 février

L'affaire de l'ourson à la tête coupée : un SDF a été arrêté aujourd'hui près de l'hôtel. Il faisait peur à des petits enfants en leur courant après. Comme ses propos étaient peu clairs, qu'il a une trentaine d'années, et qu'il a une allure un peu louche, il faisait un coupable parfait. Un riverain a alors appelé la police... Fausse alerte ! Il s'agit de Dédé Le Promeneur, bien connu des policiers et de services sociaux. Il change d'arrondissement de la capitale chaque jour, ce qui explique son surnom. Comme il s'ennuie, il recherche le contact humain de façon maladroite, il fait quelques bêtises... Mais rien de grave. Il a été remis en liberté après quelques heures au commissariat.

Jeudi 16 février

Poème pour tous ceux qui s'aiment
Qui sèment des graines de bonheur
De bonne heure et à toute heure
Heurts ainsi joliment évités
Et vis ! T'es ce que tu as envie
En vie ! Pour réussir à l'intérieur t'as tout
Tatoue dans ton cœur et sur ta peau « aime »

Vendredi 17 février

Alors ça... Je n'ai jamais rien reçu d'aussi flippant. J'ai reçu dans la boîte aux lettres une enveloppe, avec juste imprimé dessus mon nom. Sans adresse, ni timbre. Donc non envoyée par la poste. À l'intérieur une photo. Une photo d'une feuille blanche avec un texte écrit à partir de lettres découpées dans un journal. La bonne vieille lettre anonyme à l'ancienne prise en photo ? Pourquoi ? Je ne comprends rien au texte : « Lucas, il est temps que tu saches la vérité. À personne tu ne dois parler. Sinon un malheur va arriver. La suite bientôt te sera communiquée ». Aucune signature, aucun signe distinctif... Rien ! Mais c'est quoi ce truc... Un malheur si j'en parle... Pour l'instant pas de menace particulière donc je ne vais rien dire, rien faire. Mais je suis inquiet. Si c'est une blague, elle est de très mauvais goût. J'espère avoir rapidement la suite et être rassuré. Ça ne peut être qu'une très mauvaise blague. J'espère.

Samedi 18 février

Aujourd'hui c'est un samedi où je travaille. Tant mieux. J'ai ainsi l'esprit occupé après la lettre anonyme d'hier. Je ne sais pas ce qui est le pire, penser à cette lettre ou à Sarah... C'est un peu compliqué en ce moment tout cela. Entre deux clients je m'efforce de penser plutôt au voyage au Japon, petite bulle de plaisir en vue dans un avenir relativement proche. Je fais aussi attention à répondre correctement aux clients, même les plus pénibles. Quand je suis tendu comme ça mes paroles peuvent vite dépasser mes pensées qui vont déjà un peu trop loin. Mais globalement la journée se passe bien. J'aimerais bien que papy René passe aujourd'hui, comme une parenthèse un peu folle pleine de sensibilité. Il ne passe pas. Je me contente de me moquer intérieurement de certains clients, de façon complètement aléatoire et avec une énorme mauvaise foi. Oui, je sais, ce n'est pas bien, mais ça fait du bien. Et puis ils n'ont qu'à ne pas avoir de cheveux rouges ou une chemise jaune fluo ! Ils m'amusent bien tout de même ces clients !

Dimanche 19 février

C'est le printemps ! Bon ok, pas sur le calendrier, mais madame météo en a décidé autrement : le soleil est bien présent et le thermomètre retrouve des couleurs. L'occasion de faire le premier pique-nique de l'année avec les colocs, sans aucune originalité sur les quais. Ce moment de détente me fait du bien. Comme toujours, on a amené dix fois trop à manger. Je mange tout ce qui se présente devant moi sans vraiment m'en rendre compte, je mange un peu trop mais avec plaisir. Après une rapide sieste sur l'herbe, on fait une petite partie de mölky. Je fais équipe avec Yoko, et on gagne largement contre Victoria et Jamel. La baisse rapide des températures en fin d'après-midi nous rappelle que malgré les apparences nous ne sommes pas au printemps. On rentre tous à l'appartement.

Lundi 20 février

Cette fois je suis vraiment inquiet, une nouvelle enveloppe dans ma boîte aux lettres sur le même modèle que le courrier précédent : un courrier anonyme avec des lettres découpées dans des journaux et pris en photo.
« Tu as gardé le silence, je te félicite. Continue sur cette voie et la vérité viendra à toi. Vendredi en fin d'après-midi à la bibliothèque Meriadeck tu iras. Les journaux quotidiens tu prendras. Des informations complémentaires tu trouveras ».
Ça pourrait être marrant ce jeu de piste, mais il y a quelque chose de gênant, voire d'inquiétant. Il n'est pas clair qu'il s'agit d'un jeu. Je veux bien jouer, mais... Et si c'était une arnaque ? Voire pire...
Je m'allonge un instant sur mon lit, je respire, je réfléchis. Dans l'immédiat, il n'y a rien de grave, alors finalement je décide de prendre du recul avec tout ça.

Quelqu'un a décidé de s'amuser avec moi, espérons seulement que c'est bienveillant. Je vais simplement être prudent, sans être paranoïaque. On verra bien vendredi...

Mardi 21 février

C'est comme çA
On n'est pas dans un film du ciné-cluB
Rien ne sert de faire un pronostiC
Il faut juste avoir le bon regarD
La bonne analysE
Trouver la bonne cleF
Et si besoin lever le poinG
N'ai pas peur du clasH
T'es pas obligé de dire ouI
Mais buvons un verre de tokaJ
Avec une tranche de specK
Regardons ensemble le cieL
Sur un tandeM
Croyons au lendemaiN
Sans métro boulot dodO
En nous je crois beaucouP
Je veux être ton coQ
Sur moi tu peux t'appuyeR
Pour toujourS
Même après la morT
Oublions ce que l'on a vécU
Trouvons un nouveau leitmotiV
En souvenir de notre premier sloW
Et faisons les bons choiX
Tu es ma ladY
Demandons à nos amis de lancer du riZ

Mercredi 22 février

En faisant du rangement dans mes papiers, j'ai retrouvé

un texte que j'avais écrit il y a au moins six ou sept ans. Je l'avais complètement oublié ! Le voici !

Il est 11h57, un mardi, au début du printemps, devant la gare d'une petite ville de la région parisienne. Un homme, la trentaine, brun, de taille moyenne, tient une petite valise bleue. Il jette un dernier regard sur la ville avant de rentrer dans la gare, il prend dans sa poche pour la vingtième fois de la matinée son billet de train, un aller simple. Cette ultime vérification est inutile, non, il n'est pas en retard, il est même en avance, trop en avance : vingt minutes d'attente, vingt minutes de réflexion, vingt minutes de doute.

Au moment où il s'assoit sur le premier banc libre, le clocher de la ville sonne les douze coups de midi, comme pour rappeler son existence, pour qu'on ne l'oublie pas, même loin de lui. Des enfants jouent sur le banc voisin, ils crient un peu trop fort, le regard méchant qu'il leur porte n'y change rien. Il ne se sent pas bien : il fait trop chaud, c'est trop bruyant, il respire mal. Il pose sa veste, il se détend légèrement mais pour une courte durée, les annonces de l'arrivée des trains dans la gare se répètent accompagnées de l'entêtant jingle « ta, taa, taaaada » : Lyon, Marseille, Strasbourg, Bordeaux, toutes les destinations sont citées en quelques minutes. Un puissant mal de tête apparaît, il cherche dans ses poches, il sort une plaquette d'aspirine, elle est vide, il la jette violemment par terre.

Son téléphone portable vibre dans la poche de son jean, un message de son opérateur annonce une promotion sur les forfaits appels illimités. Pour quoi faire ? Qui appeler ? Les seuls messages qu'il reçoit sont des publicités, personne pour l'appeler, personne pour le retenir, personne...

Avant de remettre son téléphone dans la poche, il regarde l'heure affichée sur l'écran, il est 12h12, la répétition du nombre 12 l'amuse, puis finit par regretter de s'amuser de si peu.

Une femme, blonde, grande, d'une vingtaine d'années s'approche de lui, lui demande une cigarette, il ne la regarde pas, il ne répond pas, elle insiste, il a la même non-réaction. L'idée qu'on s'approche de lui uniquement pour faire l'aumône le dégoute. Elle finit par partir après quelques secondes d'attente.

Une nouvelle salve d'annonces retentit des haut-parleurs « ta, taa, taaaada » : Montpellier, Clermont-Ferrand, Lille. La valse des destinations continue, de quoi donner des vertiges et un mal de tête encore plus fort.

Un couple de personnes âgées a remplacé les enfants criards sur le banc d'à côté, ces nouveaux voisins plus silencieux n'en sont pas pour autant plus agréables, leur joie est un peu trop ostensible à son goût.

12h19, une nouvelle et unique annonce retentit : « ta, taa, taaaada, le train 12933 à destination de Brest entre en gare quai 3».

Le temps semble s'arrêter : partir, ne pas partir, rester, ne pas rester.

Sans réfléchir, il se lève, prend sa valise, et se dirige vers le quai 3 après avoir composté le billet.

Il est devant le train : partir, ne pas partir, rester, ne pas rester.

Il monte dans le train, il se trouve immédiatement devant la place qu'il a réservée, comme si le destin voulait répondre à sa place. Il s'assoit : sortir du train, ne pas sortir du train, rester dans le train, ne pas rester dans le train. Trop tard, les portes se referment, le train commence son chemin vers l'inconnu.

Il souffle lentement, il peut de nouveau respirer normalement, il se sent bien, sa nouvelle vie vient de commencer. Il est heureux.

Jeudi 23 février

Papy René vient nous voir en fin de journée. Aujourd'hui il a particulièrement envie de parler. Je veux dire encore plus que d'habitude. Oui, moi non plus je ne croyais pas que c'était possible. Il fait un résumé, très détaillé, d'une émission de télé-réalité : « Kelly, c'est la bimbo du groupe, c'est vrai que si elle venait chez moi elle ne dormirait pas dans la baignoire... Elle veut coucher avec le beau Joey, mais lui il préfère Noémie, une discrète brune très intelligente. Comme elle ne veut pas, il est persuadé qu'elle est lesbienne. Ah ! Ah ! Elle a dit tout le mal qu'elle pense de lui au confessionnal... Elle est trop timide pour lui dire en face. Aujourd'hui, ils devaient répondre à des questions sexuelles : "Votre position préférée ?", "Racontez votre première fois", "Si vous deviez coucher avec une personne de votre famille, ça serait qui ?" ». J'éclate alors de rire, plus amusé que choqué par la dernière question.

Papy René regarde sa montre « Oh là là ! Je suis en retard ! J'ai juste le temps d'une blague très courte avant de partir : un pneu va voir le médecin et lui dit "docteur, je me sens crevé" ».

Vendredi 24 février

Vendredi. C'est donc aujourd'hui. La semaine est vite passée. Je me surprends par mon zen en ce moment. Lettre anonyme, Sarah... Je ne gère pas grand-chose mais sans anxiété excessive. Quelques fois tout cela sort totalement de mon esprit pendant de longues heures.

C'est l'heure d'aller à la bibliothèque Meriadeck. J'ai à la fois envie d'y aller et de rester chez moi. Je suis à la fois excité et inquiet. Mais la curiosité l'emporte. Je prends le tram, prends la correspondance à Porte de Bourgogne puis après quelques mètres de marche j'arrive devant le grand bâtiment. Je prends les escaliers mécaniques et je vais directement au rayon presse. Quelques quotidiens sont déjà pris, je prends Le Figaro et Libération. Je ne sais pas ce que je suis censé trouver... Je ne vais quand même pas devoir tout lire ? Je feuillette rapidement les deux journaux, je ne remarque rien de particulier. Je les repose et prends Le Monde libéré de son précédent lecteur. Je le feuillette de la même façon que les précédents journaux. Je vais peut-être trop vite, je ne vois aucun indice. Les journaux passent de main en main, pas sûr que je pourrais les reprendre si nécessaire. Quelqu'un repose un autre journal. La croix. Je crois que c'est la première fois que je le lis. Je suis rassuré, je remarque quelques éléments surlignés : deux numéros de pages, « 18 », et « 30 », et quelques mots, « poste », « rendez-vous », « silence ». Ainsi que des mots écrits au stylo bille bleu sur une publicité pour un parfum : « lundi », « seul », « vérité ».

Me voilà Sherlock Holmes. Tant que je suis le détective et pas la victime, ça me va...

Si je remets tous les éléments dans l'ordre : rendez-vous lundi à la poste. Silence et vérité, ok il radote. 18 et 30... Sans doute l'heure, j'ai la date et le lieu de rendez-vous mais pas l'heure. Ça doit être ça.

C'est bien mystérieux tout ça. Je me prends au jeu. C'est surprenant. La curiosité prend encore plus le dessus sur la peur.

Samedi 25 février

Je suis seul à l'appartement en cette fin d'après-midi. Un peu de calme bien agréable. Je bois un thé orange cannelle. Et je ne fais rien. Rien du tout. Je me rends compte que ça m'arrive rarement. Même jamais. Assis dans le fauteuil, le mug réchauffe ma main droite. Je pose le mug sur la petite table à côté de moi. Je me concentre sur mes différents sens. Le toucher d'abord. De la tête aux pieds nus, du moelleux du fauteuil au froid du sol, en

41

passant par la main droite qui conserve la chaleur du thé bouillant pendant quelques secondes. Le goût ensuite. Je bois une gorgée de thé. L'acidité de l'orange et la douceur de la cannelle se marient très bien. Le goût de la cannelle, plutôt prononcé, reste longtemps dans ma bouche. Mon esprit s'évade un instant. Je ferme les yeux. Je sens l'odeur de la cannelle qui est décidément omniprésente. Je n'entends rien. Ce silence m'angoisse dans un premier temps. Je profite de ce si agréable luxe dans un second temps. Je rouvre les yeux. Je regarde ce qui m'entoure au quotidien. Je découvre des détails dans ma propre chambre. Je n'avais jamais vu cette petite marque noire sur le mur. Ce petit moment avec moi-même m'a fait un bien fou. Je me sens détendu. Je vais continuer tranquillement comme ça ce soir. Un petit moment de plaisir égoïste pour un peu plus de bonheur à partager plus tard.

Dimanche 26 février

Olivier déjeune avec nous. Il est en congé pour une semaine mais on ne devrait pas le voir beaucoup plus que d'habitude, encore et toujours en vadrouille ! Il nous raconte son dernier vol. Parmi les passagers, une chorale qui rentre d'une petite tournée en Amérique du Sud. Ils ont chanté de nombreuses heures pour le plus grand plaisir des autres passagers. Ils ont permis aussi de détendre l'atmosphère en chantant « Oh Happy Day » après un petit moment de tension. Un passager a soupçonné un autre d'avoir volé ses médicaments pendant son sommeil. Il s'est mis à crier tout à coup à son voisin «Voleur ! Rends-moi mes médicaments ! Rends-les-moi ! T'es qu'un voleur ! Tu les as pris pendant que je dormais ! Connard ! » Pendant ce temps, le passager menacé ne dit rien, le visage légèrement inquiet. Des voisins de siège ont alerté les hôtesses de l'air et les stewarts. C'est Olivier qui a géré ça, comme Superman qui arriverait du ciel. Bon, comme c'est lui qui raconte je crois qu'il en rajoute un peu... Le passager s'est vite calmé, a refusé dans un premier temps de dire le nom du médicament, Olivier a insisté, plusieurs fois, il lui a finalement répondu tout bas dans l'oreille « C'est des pilules bleues, vous voyez... », en mettant un doigt devant sa bouche pour dire « chut ! ».

Victoria intervient quand Olivier nous explique cela : « au lieu de vouloir bander et d' emmerder tout le monde, il ferait mieux de prendre des tranquillisants ce connard ! »

Olivier acquiesce pour reprendre rapidement son histoire : alors qu'il interroge le passager pour mieux comprendre la situation, il remarque quelque chose qui brille sous le siège d'à côté... C'est la plaquette de médicaments...

Le passager, un peu gêné, remercie Olivier tout doucement, en prenant soin d'éviter de croiser le regard du voisin qu'il avait accusé à tort.

Conclusion d'Olivier, amusé par cette histoire : « grâce à moi, grand-père a pu bander plusieurs jours. C'est aussi ça mon métier ! »

Lundi 27 février

J'arrive au lieu de rendez-vous un peu avant l'heure prévue, vers 18h15. Je m'assois sur un banc et regarde autour de moi, je scrute le moindre détail qui pourrait me donner un indice. Quelques personnes passent devant moi mais c'est plutôt calme, sans doute en raison de la fermeture du bureau de poste depuis un quart d'heure déjà. Je suis à la fois excité et un peu inquiet. Tout cela paraît si irréel. Mon esprit divague, je m'imagine agent secret, entouré de belles blondes, au volant d'une décapotable et un cigare à la bouche. Le monde a besoin de moi, il est en danger. Bien sûr, je réussis ma mission et je retrouve mes blondes à l'hôtel. Pas de repos pour les héros... Je souris de ces pensées lorsqu' un garçon de neuf ou dix ans arrive avec une énorme valise à roulettes. La valise est quasiment aussi grande que lui. Il dépose la valise à côté de moi, me regarde quelques secondes sans expression du visage particulière, puis cours en revenant sur ses pas. Je me retrouve seul sur mon banc avec cette valise. Pas de doute, c'est pour moi. Je l'ouvre : une enveloppe, un pantalon, une chemise, une veste, une cravate, une ceinture, des chaussures de ville et même des chaussettes. Visiblement le mystérieux donateur ne met pas de slip... Il ne manque que ça ! Je regarde les étiquettes des vêtements, tout est à ma taille. Même les chaussures. Je regarde plus en détail, on ne se moque pas de moi, ce sont des produits de très bonne qualité, très chers, largement au-dessus de mes moyens. Tout est classique, sobre (chemise blanche, cravate bleue, veste et pantalon noirs), mais vraiment très beau. Les tissus sont doux et très agréables au toucher. J'ouvre l'enveloppe, à l'intérieur il y a la désormais traditionnelle photo de lettre anonyme. « Courageux tu as été, ton intelligence ici t'a amené. Voici quelques présents bien mérités. Une occasion se présentera pour mettre des habits d'apparat. Des informations tu auras. Ne t'inquiète pas, tu aimeras. »

Qui me connaît suffisamment pour me donner tous ces vêtements à ma taille ? Personne en fait... Personne ne connaît mes tailles de vêtement ! Oh les cons ! Mais bien sûr ! Ce sont les colocs ! Évidemment ! Ça ne peut être qu'eux ! C'est facile pour eux de trouver mes tailles de vêtement. Il suffit qu'ils regardent sur les étiquettes pendant mon absence ! Ah là là ! Bande de petits cons ! Ils m'ont bien fait flipper quand même. Mais... Oui ! J'ai compris ! Samedi, c'est mon anniversaire ! Ils ont organisé un truc. Pourtant, je leur ai dit que cette année je voulais faire quelque chose de simple, en petit comité. Nous quatre, Olivier, et quelques amis communs. J'avais pensé inviter Sarah aussi, mais ce n'est sûrement pas l'idéal pour un premier rendez-vous hors la librairie. Mais voilà, ils n'ont pas pu s'empêcher d'organiser quelque chose, ça fait des semaines qu'ils me disent qu'il faut marquer le coup pour mes trente ans. Faire une grande fête. Pour être honnête, ça me stresse un peu mes trente ans. Ils sont touchants de faire ça pour moi.

Je rentre tranquillement à l'appartement avec l'énorme valise. Les petites roues font un bruit d'enfer sur les pavés et dans une moindre mesure sur le bitume. Quand je rentre à la coloc, ils regardent tous les trois la télé dans le salon. C'est rare que tout le monde soit là le soir, et bien sûr ça tombe la fois où je veux arriver discrètement. Jamel me demande pourquoi j'ai cette énorme valise, Victoria enchaîne directement : « Tu t'en vas ? Définitivement ? Ah ! Enfin ! ». Heureusement qu'elle a fait un clin d'œil, sinon pas sûr que j'aurais vu que c'était une blague.

J'hésite à dire que j'ai compris, que je sais tout, mais c'est trop tôt alors je joue le jeu. « Non, c'est rien, c'est... Des bibelots... Pour le travail ! Je suis crevé, je vais me reposer dans ma chambre ».

J'essaye tous les vêtements, tout me va parfaitement, je me trouve beau. Je suis épuisé par toutes ces émotions. Je me déshabille et je vais directement au lit. C'est agréable de se coucher avec cette dernière impression. Celle de se trouver beau.

Mardi 28 février

Déjà le dernier jour du mois ! C'est bizarre ce mois de vingt-huit jours quand même ! On dirait un exclu de la société ! « Toi, tu ne seras pas comme nous ! Tu seras plus court ! ». J'imagine de rudes négociations entre lui et les autres mois.

Ces négociations étaient jouées d'avance mais ont eu lieu tout de même pour l'illusion de la concertation sociale.

Les autres mois refusaient de redistribuer du temps, en particulier les très riches mois de trente et un jours.

Quand on leur reprochait de ne pas partager, ils disaient « c'est comme ça ou sinon on part sur un autre calendrier ».

Le mois de février n'avait pas la force nécessaire pour gagner face aux autres mois. Il a seulement obtenu les miettes, une petite journée supplémentaire tous les quatre ans. Une paix sociale qui ne coûtait pas cher aux mois les plus riches, les plus longs.

Mercredi 1er mars

C'est l'histoire d'une rencontre
On en oublie de regarder sa montre
Une belle parenthèse
Comme si on dansait La Javanaise
Une amitié naissante
Une voix caressante
Un amour passionnel
Le cœur sucré comme du miel
Évidemment c'est pour toujours
Si on se quitte c'est pour l'humour
Tout est magnifique
Même ce qui est anecdotique
Puisque l'avenir est à venir
Je choisis de le chérir

Jeudi 2 mars

Visiblement, les colocs veulent garder la surprise jusqu'au bout. Ils me demandent comment on s'organise pour mon anniversaire samedi. Je sens bien qu'ils cherchent à savoir si j'ai compris. Je joue le jeu et fais semblant de ne rien savoir. Je leur réponds que l'on fait comme prévu, un truc simple, un petit apéro dînatoire, et que je m'occuperai des courses samedi. Je précise également que je vais demander confirmation aux quelques invités s'ils viennent bien. Ils me laissent gérer. Sans doute pour mieux brouiller les pistes.

Vendredi 3 mars

14h51. Je reçois un MMS d'un numéro court comme les publicités que l'on reçoit parfois. La pièce jointe est une nouvelle lettre anonyme photographiée sur le même modèle que les précédentes. Je ne pensais rien recevoir avant demain, pour mon anniversaire. Je lis la lettre. Il

s'agit d'une invitation. Elle comporte peu d'informations :
« Monsieur Lucas, nous avons l'honneur de vous convier
ce soir à un dîner-surprise. Un taxi vous attendra devant
votre domicile à 20h précises. Tenue correcte exigée. »

Dix mille remarques et questions s'entrechoquent dans
ma tête : c'est quoi ce numéro court ? Pas de doute, c'est
les colocs ! Tenue correcte, ça veut dire forcément le
costume que j'ai reçu ? Ça me stresse de ne rien maîtriser
comme ça ! Et si je refuse d'y aller ? Et si j'avais déjà
prévu quelque chose ce soir ? Ils ont sûrement voulu fêter
mon anniversaire un jour plus tôt pour la surprise... Je ne
suis pas mega fan de cela mais l'attention est mignonne.
Un taxi, un MMS, un costume, des lettres anonymes, un
jeu de piste... Ils n'ont pas fait les choses à moitié !

J'essaye rapidement de me concentrer à nouveau sur
mon travail. L'après-midi est long. Très long. Tellement
envie d'être déjà ce soir. Lorsque l'heure de fermeture de
la librairie arrive enfin, je ne traîne pas et je vais
directement à l'appartement. Je me prépare pour la
soirée immédiatement après mon arrivée. Je préfère
prendre mon temps et avoir ainsi l'esprit occupé plus
longtemps. Je prends une douche bien chaude. La forte
pression de l'eau me détend, je prends conscience que
j'étais jusqu'à maintenant tendu. Cette douche est
tellement agréable que je la fais durer plus que de raison.
Je me résous tout de même à en sortir et m'habille. Je
m'amuse de me rappeler qu'il manquait juste un slip dans
la valise. Pour la blague, j'imagine ne pas en mettre. Mais
je ne préfère pas, je ne sais pas ce que l'on fait ce soir... Je
mets le costume. Il est agréable à porter, je me trouve
toujours aussi beau dedans. Je devrais peut-être
m'habiller plus souvent comme cela.

Les colocs surjouent la surprise devant le costume des
grandes occasions. Je joue encore une fois le jeu.
D'ailleurs, je pense que je ne dirais jamais que j'ai
compris. Ils se sont tellement donnés du mal.

Jamel me demande où je vais habillé comme cela,

j'improvise une réponse comme je peux : « Je vais... à un dîner chez un éditeur. Monsieur Dumoulin m'a demandé de l'accompagner. Un projet de partenariat entre la librairie et la maison d'édition. Pour plaisanter je lui ai dit que je viendrais uniquement s'il m'offrait un beau costume de marque. Il me l'a offert !... J'aurais dû demander une Ferrari ! »

Aucune réaction de l'assistance. Ils savent que je mens, ils ne doivent pas savoir comment réagir.

Je descends au pied de l'immeuble quinze minutes en avance. Je fais les cent pas devant la porte d'entrée du bâtiment. À vingt heures exactement une énorme limousine noire arrive et s'arrête devant moi. Le chauffeur descend de la voiture et fait le tour par l'arrière. La limousine est si grande qu'il met trente secondes à arriver devant moi. Il me salue en ouvrant la porte arrière droite « Bonsoir Monsieur Chanceux ». Pendant que je m'installe, il ouvre une petite bouteille de Champagne qu'il verse dans une flûte. Il me la tend et ferme la porte. Sur un énorme bar, de nombreuses boissons et les petits canapés.

Devant moi un écran : « Bienvenue Monsieur Chanceux. Pour patienter durant le trajet, profitez du programme de votre choix sur cet écran et des amuse-bouches. »

J'en goûte quelques-uns entre deux gorgées de Champagne, je ne choisis aucun programme sur l'écran, je souhaite profiter de l'instant au maximum. Déjà plusieurs minutes que nous roulons à l'extérieur de la ville. Où sommes-nous ? Où allons-nous ? Aucune idée... Je choisis finalement de la musique sur l'écran, le silence devenant oppressant.

Je prends sur le bar une petite bouteille en verre d'eau gazeuse. Elle est très belle, des dessins sculptés représentent des éléments de la nature : soleil, eau, montagne. Je me sers un verre et le bois. Lorsque je repose le verre, la limousine s'arrête dans une cour devant une petite maison campagnarde. Le chauffeur m'ouvre la porte de la limousine, une fois sorti me donne une rose rouge, m'indique la direction vers la porte de la maison, il me l'ouvre, à peine à l'intérieur il la referme en restant à l'extérieur. Je suis dans un petit couloir, j'avance jusqu'au petit panneau « Monsieur Lucas Chanceux, merci de bien vouloir patienter jusqu'au signal sonore. » Je m'assois sur la chaise à côté du panneau, une sonnerie retentit quasi immédiatement. Je me lève et je vais jusqu'à une porte où il est inscrit « Monsieur Chanceux, merci de rentrer ». J'ouvre la porte, j'ai à peine le temps de remarquer une magnifique table avec des bougies, que la porte en face de moi s'ouvre également. Ma respiration s'arrête brusquement. Devant moi Sarah ! C'est incroyable ! Nous disons à la virgule près la même chose au même moment comme si nous avions préparé nos textes : « C'était toi ! », « Comment ça c'était moi ? », « quoi ? ».

Je lui fais signe d'arrêter de parler, non pas par autorité ou misogynie mais par nécessité de silence. Tout va trop vite. Je reprends la conversation, seul cette fois « Ce n'est pas toi qui m'as envoyé les messages ? Les lettres anonymes ? »

Elle me répond « Non ! J'ai reçu aussi des lettres anonymes... J'ai tellement eu peur au début... Et puis c'est devenu plus sympa, comme un jeu de piste... »

Je comprends alors que nous avons vécu la même chose en parallèle, qu'une même personne nous a envoyé les mêmes messages... Pour... Nous réunir ? C'est fou ! La fille dont je rêve depuis des jours et des jours est avec moi, je ne sais où, par l'intervention d'un inconnu. Je pose la rose sur la table. J'ai besoin de quelques secondes pour me remettre de tout ça. Je m'assois, Sarah également. Deux serveurs arrivent, le premier avec deux assiettes de foie gras, le second avec deux coupes de Champagne. Je tente d'obtenir des informations avec les serveurs mais ils ne parlent pas français, ils me répondent dans une langue dont j'ignore l'origine. L'un des serveurs regarde longuement la rose, puis lève la tête dans ma direction. Je comprends qu'il souhaite que je donne la rose à Sarah, ce que je fais immédiatement.

Tout en commençant à dîner, on se raconte plus en détail cette aventure. Elle est identique quasiment sur tous les points. En fait, elle ne l'est pas sur un seul qui nous amuse beaucoup. Elle n'a pas eu une valise de vêtements comme moi mais un catalogue où elle devait choisir la robe de ses rêves. Le mystérieux donateur n'avait pas voulu prendre la responsabilité de choisir ! Je me rends compte que je n'ai même pas pris le temps de la regarder. Elle est si belle dans cette robe. Comme si elle avait lu dans mes pensées, elle me dit sobrement comme une réponse en me regardant droit dans les yeux « Tu es beau dans ce costume ». Elle prend ma cravate dans sa main droite, elle descend sa main du haut de la cravate vers le bas. Elle effleure mon torse avec ce geste suggestif. J'ai des frissons dans tout le corps. Après quelques secondes d'absence, je reprends connaissance et nous nous embrassons. Notre premier baiser. Je me laisse porter par ce moment magique. Il s'interrompt à l'arrivée des deux serveurs qui apportent la suite du menu.

On remercie les serveurs, qui de toute évidence ne nous comprennent pas. Lorsqu'ils quittent la salle, nous embrassons à nouveau, je la serre dans mes bras quelques secondes puis nous rejoignons la table main dans la main.

Un des serveurs a rempli nos verres de vin rouge. Je bois une gorgée, j'ai chaud et un léger vertige. Je mets ça sur le compte de l'émotion oubliant la quantité d'alcool que je bois depuis le début de soirée.

Pendant le dessert, j'avoue à Sarah que je pense à elle jour et nuit depuis des semaines mais que je n'ai jamais réussi à lui parler. Elle m'avoue qu'elle aussi. On se demande qui a bien pu organiser cela, on se dit qu'il est possible que ça soit Monsieur Dumoulin.

Un groupe de musiciens rentre dans la pièce avant que

l'on puisse terminer cette conversation. Ils s'installent sur le côté de la pièce, et joue un slow. J'invite naturellement Sarah à danser. Mon cœur s'accélère dès que sa peau touche la mienne. Tout cela est si fort que j'ai de nouveau des absences. Je suis de nouveau présent lorsqu'elle me serre un peu plus fort. À la fin du morceau, tous les musiciens quittent la pièce. On est un peu frustrés d'avoir eu droit à un seul morceau. Un des serveurs arrive, nous montre une direction que nous prenons. Nous rentrons dans une pièce aux meubles beaucoup plus modernes que là où nous avons dîné. Devant un canapé, une table basse avec café, théière, biscuits, tasses. Nous nous installons sur le canapé, je pose ma veste, enlève ma cravate, et déboutonne les deux premiers boutons de la chemise. Nous nous servons un thé. On se raconte nos vies. Nous travaillons ensemble toute la journée mais nous nous connaissons si peu. Je suis bien. Elle pose sa tête sur mon épaule, après quelques minutes elle s'endort. Je ne bouge pas pour ne pas la réveiller, je la regarde dormir paisiblement. Avec pour dernier regard son beau visage, je m'endors également rapidement.

Samedi 4 mars

Vous connaissez Cendrillon ? Et bien, j'ai l'impression de vivre cela ! À 6 h du matin, un klaxon nous réveille, Sarah et moi. Sa tête est toujours sur mon épaule, nous n'avons pas du tout bougé pendant notre sommeil. Je repense à la soirée d'hier, c'est tellement fou, j'ai du mal à réaliser. Le klaxon retentit toutes les trente secondes, puis sans arrêt jusqu'au moment où je suis dehors. La limousine de la veille a été remplacée par une petite citadine, et le chauffeur en costume par un chauffeur très désagréable en jogging, tee-shirt troué et baskets sales : « Bon vous venez ? Elle est où votre meuf ? J'ai pas le temps d'attendre les clients moi ! Putain ! Dépêchez-vous bordel ! »

Je ne cherche pas comprendre et je vais chercher Sarah. Nous rentrons dans la voiture, à peine la porte claquée le chauffeur accélère comme un fou, nous roulons à plus de 110km/h sur des petites routes de campagne.

Je demande au chauffeur, qui fume dans le véhicule sans nous avoir demandé si ça nous dérangeait, où nous allons. Il me répond sèchement « Qu'est ce que j'en ai foutre moi ! Les destinations sont dans le GPS, j'ai juste à suivre le GPS. Je suis pilote moi, pas organisateur, bordel de merde ! »

Nous nous regardons avec Sarah malgré tout amusée par ce personnage, nous nous serrons l'un à l'autre au maximum de ce que permettent les ceintures de sécurité. Pendant qu'elle joue avec ma main en la tournant dans tous les sens, elle me rappelle qu'aujourd'hui elle travaille. C'est sans doute pour cela qu'il est venu nous chercher si tôt. Ça confirmerait donc que c'est Monsieur Dumoulin qui a organisé tout cela. C'est marrant je ne l'imaginais pas être joueur comme ça. J'explique à Sarah que je ne travaille pas aujourd'hui. Mais oui, c'est mon anniversaire ! Avec tout ça j'avais complètement oublié ! J'ai pris ma journée pour l'occasion d'ailleurs ! Sarah m'embrasse pour me souhaiter un bon anniversaire sous le regard désapprobateur du chauffeur. On dépose Sarah devant chez elle. Avant de sortir, elle note son numéro de téléphone sur ma main, m'embrasse une dernière fois et me dit « directement à la sortie du travail je pars pour la fin du week-end à Toulouse, c'est prévu depuis longtemps... Appelle-moi ! »

Le chauffeur repart alors que Sarah venait juste de sortir, il me dit en me regardant dans le rétroviseur : « Oh ! Putain ! Qu'elle est bonne ta meuf ! »

Je ne prends pas la peine de répondre, et attends impatiemment qu'il me dépose devant chez moi. C'est ce qu'il fait quelques minutes plus tard en freinant comme un malade au dernier moment.

Il est encore tôt, tout le monde dort dans la coloc. Je

profite de ce moment de calme et de solitude pour faire le point sur tout ce qui s'est passé... Je n'y arrive pas, trop de choses en tête...

Je m'avachis sur le canapé, je regarde le plafond, je fais le vide. Jamel est le premier à se lever : « T'es pas rentré hier soir ? Tu portes toujours ton costume... t'as pécho ? Une éditrice ? Une écrivain ? »

Je lui souris et lui précise que je vais tout expliquer quand Victoria et Yoko seront là. Pas envie d'expliquer trois fois la même chose. Il essaye d'obtenir tout de même des informations. Je ne dis rien. Il insiste. Je ne bouge pas.

Victoria et Yoko se lèvent à quelques minutes d'intervalle. Une fois les filles installées à table pour leur petit déjeuner, je commence à tout expliquer : les lettres anonymes, le jeu de piste, la valise avec le costume, le fait que je pensais qu'ils me faisaient une surprise pour mon anniversaire (« Ah oui ! Au fait ! Bon anniversaire ! » me dit Yoko, suivie par les deux autres), le MMS, la limousine, la maison de campagne, Sarah, le dîner, nos baisers, les musiciens, le slow, la nuit passée là-bas, le conducteur du retour...

À part pour me souhaiter un bon anniversaire, ils ne m'interrompent pas. Parfois ils me regardent avec de grands yeux, parfois ils se regardent sans savoir comment réagir. Je ne suis pas certain qu'ils me croient.

Ils me confirment qu'ils n'ont rien organisé de tout ça. Ni anniversaire surprise, ni rendez-vous galant.

« Il est complètement taré le mec qui a fait ça ! » s'énerve Victoria, tandis que Yoko la contredit « Ah non... Je trouve ça mignon ! ». Victoria surenchérit : « Putain ! Non ! Yoko ! C'est un manipulateur ! Il est dangereux ce type ! Faut l'enfermer ! Quelqu'un qui est capable de ça est capable du pire ».

« Évidemment pour elle c'est forcément un mec qui a fait ça... » se désespère calmement Jamel, puis me dit avec un clin d'œil « Alors ? Sarah... C'était bien ? ».

Je réponds avec un simple sourire et j'enchaîne sur un

autre sujet. «Je file prendre ma douche… J'ai des courses à faire pour ce soir… »

Alors que je pars en direction de la salle de bain, Yoko me dit « T'es très beau dans ce costume ! », Jamel en rajoute un brin moqueur « Bogoss ! Très bogoss ! Tu serais pas mon pote…(long silence)… Je te piquerai le costume ! »

Je commence à me doucher et je vois le numéro de Sarah sur ma main ! « Oh putain, le numéro ! »

Heureusement, le numéro ne s'est pas effacé malgré le gel douche et l'eau qui coule abondamment.

Je prends ma main en photo avec mon téléphone avant d'effacer pour toujours ce tatouage temporaire. Je me promets de refaire ce tatouage au même endroit, mais permanent cette fois, pour fêter nos un an avec Sarah. Ça sera un joli symbole.

Avant d'aller faire les courses, j'envisage d'envoyer un SMS à Sarah. Mais pour dire quoi ? On dit quoi après une telle soirée ? Vraiment je ne vois pas ! C'est impossible de mettre des mots sur tout ça… Alors je préfère envoyer une photo. Inspiré par l'idée du tatouage, je dessine sur ma peau un cœur, à peu près au niveau où il est réellement placé. J'envoie cela sans commentaire. Elle me répond également avec une photo, un post it collé sur son front : un smiley est dessiné, avec sourire, joues rouges et petit cœur au coin des lèvres.

Je pars faire les courses, je suis bien. Je ne comprends rien mais je suis bien. Ma vie de trentenaire commence joliment.

J'achète tout ce qu'il faut pour la soirée d'anniversaire, de quoi manger pendant l'apéritif dînatoire et du vin, beaucoup du vin, surtout du vin. Et un énorme gâteau. Et des bougies parce que je compte bien faire un vœu ce soir. Une fois cela fait, je me repose un peu l'après-midi, et je réponds aux messages de bon anniversaire. Dans l'époque ultra connectée actuelle, c'est un vrai travail à plein temps !

J'envoie une nouvelle photo à Sarah, les phrases « tu me

manques » et « je t'aime » avec des lettres du Scrabble.

Elle me répond avec des cartes à jouer... Toutes les cartes cœur, avec au-dessus le roi et la reine qui se chevauchent.

Nos quelques invités arrivent petit à petit à partir de vingt heures. La soirée commence tranquillement, on boit un verre, on papote. En fait, c'est surtout Olivier qui papote... Il nous raconte sa dernière escale. Il lui arrive toujours des choses extraordinaires, plus ses histoires m'amusent, moins je le crois...

Ça doit bien faire trente minutes qu'il nous fait son show lorsqu'on sonne à la porte. Sans doute un voisin, on n'attend plus personne et personne n'a appelé à l'interphone avant.

J'ouvre la porte et je sursaute : « SURPRISE !!! »

Au moins vingt copains de la coloc dans le couloir. Je reste planté là, je ne dis rien. Xavier abrège ce moment « bon, tu nous fais rentrer ? »

Tout le monde rentre dans un énorme brouhaha. Je crois que c'est raté pour l'anniversaire calme et en petit comité !

Mais je suis content, il aurait été dommage ne pas marquer le coup pour mes trente ans. Je l'aurais sans doute regretté. Mes colocs avaient raison. C'est Yoko qui a eu l'idée d'inviter tout ce beau monde à la dernière minute ce matin. « Tu as imaginé qu'on t'avait fait une surprise pour tes trente ans, ça veut dire que c'est important pour toi. » Sacrée psychologue Yoko !

J'envoie régulièrement dans la soirée des SMS à Sarah. Elle ne doit pas être disponible, elle ne me répond pas.

Je décide alors de profiter davantage des invités présents. Je m'en souviendrai toujours de mes trente ans ! Quelle belle fête ! L'alcool coule à flots, autant que mon bonheur. Celui d'être si bien entouré et d'avoir le cœur qui bat fort.

Dimanche 5 mars

Le réveil est difficile, comme un lendemain de fête. Le

réveil est plein d'espérance, comme la trentaine qui commence. Le réveil est amoureux, comme il n'a jamais été. Sarah a répondu à mes textos quelques minutes avant mon réveil « Je rentre en fin d'après-midi, on peut se voir ce soir ? Tu me manques... »

Notre premier rendez-vous ! Afin d'être tranquille, loin des yeux curieux de la coloc, je lui donne rendez-vous chez Olivier qui reprend le travail aujourd'hui.

Mon mal de tête disparaît d'un coup et mon corps plein d'énergie oublie la fatigue qui se faisait si présente il y a encore cinq minutes. Je découvre que l'amour est le plus efficace des médicaments, avec tout de même quelques effets secondaires : cœur qui bat fort, main moite, pensée obsessionnelle.

Je suis un peu stressé. La soirée de vendredi a été si magique, imprévisible, incroyable. Comment conserver cette magie dans un cadre plus habituel ? La surenchère étant impossible, je décide de prendre le contre-pied total et de miser sur la simplicité. Je vais chez Olivier en fin d'après-midi pour préparer cela. J'installe un petit buffet pour deux sur la table du salon. Des crudités, de la charcuterie, du fromage, des canelés. Et du vin. Un cubi de rouge et un autre de blanc. Je place à côté des verres à moutarde « Monsieur Heureux » et « Madame Bonheur » représentant les personnages des livres pour enfant et des assiettes avec des dessins de monuments de différentes villes de France. Je me demande ce qu'Olivier fait avec cela. Je termine par un énorme saladier de confiseries en tous genres.

Je me repose quelques minutes sur le canapé du salon puis me change avant que Sarah arrive. Simplicité également dans ce domaine, jean/tee-shirt, mais tout de même une cravate noire dessinée sur ce dernier. Le comble de l'élégance dans la simplicité.

Nos retrouvailles sont extraordinaires. Comme une évidence, aucune question ne se pose, on est bien ensemble.

Sarah est amusée par ma petite préparation. Entre de longs baisers, elle me raconte son week-end, je lui raconte le mien, on se raconte les dernières semaines à penser non-stop à l'autre.

Une question se pose finalement, on fait quoi avec Monsieur Dumoulin : on lui raconte tout ? On lui dit qu'on a compris que tout vient de lui ? On décide de voir selon sa réaction lundi. S'il ne dit rien, on ne dit rien. On imagine qu'il comprendra très vite qu'il a réussi ses manœuvres et qu'on n'aura pas longtemps à faire semblant.

Chacun un verre à moutarde rempli de vin rouge à la main, on s'installe dans le canapé après le dîner. Tout commence comme la sage tendresse de vendredi, pour se transformer rapidement en amour torride.

Mais vous n'en saurez pas plus... Bande de petits coquins !

Lundi 6 mars

On a passé la nuit dans l'appartement d'Olivier comme dans un petit nid douillet. On se lève tôt afin que chacun passe dans son appartement respectif avant d'aller au travail.

Aucune remarque particulière de Monsieur Dumoulin. Alors on fait semblant. On ne s'était pas assez préparés à ça. C'est difficile, on a envie de se toucher, de s'embrasser, d'exprimer notre amour au monde entier.

Alors dès la fermeture de la librairie nous allons directement chez Sarah. Dans ces moments-là, on vit dans notre bulle, à deux, les autres n'existent plus. On est bien.

Mardi 7 mars

Je broyais du noir
Alors j'ai bu au bar un petit jaune

En rentrant je suis passé à l'orange
J'ai écrasé un piéton, il s'en sort bien, juste un bleu
Mon passager est devenu tout blanc
Le gendarme a vu rouge
J'étais marron
J'ai eu un PV, je suis vert
En résumé, aujourd'hui tout n'a pas été rose
Et j'en ai vu de toutes les couleurs

Mercredi 8 mars

Aujourd'hui c'est la journée de la femme. Enfin plus exactement la journée internationale des droits des femmes.
Quand le mot « droits » disparaît de l'intitulé de la journée... Tout est dit... Il n'y a rien à ajouter...

Jeudi 9 mars

Aujourd'hui on a la visite de Papy René. Ça faisait longtemps ! Il nous parle de ce qu'il a entendu à la radio ces derniers jours. C'est d'ailleurs une habitude qu'il avait perdue depuis quelque temps. Il donne plein d'informations en vrac, sans lien et sans transition : Harvey Ball a perçu seulement quarante-cinq dollars pour la création du symbole du smiley en 1963 car il n'en a pas déposé le copyright, l'album Le Métèque de Georges Moustaki est sorti en 1969, Balzac est né le 20 mai 1799 à Tours, il y a un film avec Coluche à la télé ce soir, une nouvelle expo commence le 22 mars au Grand Palais à Paris. Puis il continue sans prévenir par sa traditionnelle blague : « L'amour c'est comme un jeu de cartes, quand on n'a pas un bon partenaire, il vaut mieux avoir une bonne main ».
D'habitude, il part juste après sa blague, mais cette fois il reste et continue de parler.
Il est tellement long aujourd'hui qu'au bout d'un moment

je n'écoute plus vraiment, c'est comme un bruit de fond. Je rêve ou il a dit « au revoir les amoureux » avant de sortir ?

Vendredi 10 mars

Pas envie d'écrire aujourd'hui...
À demain !

Samedi 11 mars

Pour la première fois, je vais à la coloc avec Sarah. Jusqu'à maintenant on privilégiait l'intimité de son appartement mais j'ai eu quelques remarques sur le fait que je ne suis presque plus à l'appartement. Sarah et mes trois colocs se connaissent de vue à la librairie mais ne se sont jamais vraiment parlés. C'est donc l'occasion de réunir mes deux univers. Nous sommes tous les deux un peu stressés comme si je la présentais à mes parents et qu'elle voyait pour la première fois beau-papa et belle-maman. Finalement, c'est pire que la présenter à mes parents : Victoria la harcèle de questions plutôt intimes, Jamel semble tellement sous le charme que je me méfierais de lui si je ne le connaissais pas et Yoko n'a presque pas dit un mot, le regard dans le vide.
Toutefois, l'atmosphère se détend au fur et à mesure de la soirée et Sarah s'intègre facilement dans ce petit groupe.
Je propose à Sarah de rester dormir, comme si notre relation clandestine devenait officielle. Pire qu'un mariage.

Dimanche 12 mars

Confirmation de la bonne intégration de Sarah dans le groupe, les colocs lui proposent de rester pour notre traditionnel brunch du dimanche. Tout va pour le mieux : Victoria a terminé son interrogatoire, Jamel est moins

séducteur et Yoko a retrouvé une relative joie de vivre. Je suis bien. Pour la première fois depuis plusieurs jours je n'ai pas envie de passer la journée uniquement avec Sarah mais aussi avec mes colocs.
On passe l'après-midi tous les cinq, je crois que tout le monde est heureux de cela.

Lundi 13 mars

Je veux chanter un slam à tous ceux qui ont une âme
Je veux réciter un poème à tous ceux que j'aime
Je veux jouer de la musique à tous ceux qui sont uniques
Je veux siffler La Marseillaise à tous ceux que je baise
Je veux crier attention à tous ceux qui font de l'hypertension
Je veux péter L'Internationale à tous ceux qui ont mal
Je veux tousser mon dernier souffle à tous ceux qui ont perdu une moufle

Mardi 14 mars

Avec Sarah, après notre journée de travail, nous allons directement à La Foire aux Plaisirs, la traditionnelle fête foraine qui s'installe au printemps et à l'automne, sur la place des Quinconces de Bordeaux.
Malgré les mauvaises musiques de boîte de nuit des différentes attractions qui se mélangent pour former une insupportable cacophonie, nous enchaînons les différentes attractions comme les clichés des comédies romantiques et des films des réalisateurs de La Nouvelle-Vague : la grande roue, collés l'un à l'autre dans la nacelle les yeux dans les yeux, peu importe la magnifique vue tout là-haut, à ce moment précis le monde extérieur n'existe plus, puis tir à la carabine où je gagne avec une fierté toute virile, pour Sarah et sous son regard plein d'amour et d'admiration, une énorme peluche. Un ours brun qu'elle encercle avec ses bras tout le reste de la

soirée, j'en serais presque jaloux... Pour la taquiner je fais un gros « hug » à la peluche sous le regard amusé d'un groupe sortant d'une attraction. Plein d'entrain et la testostérone à bloc après ma réussite au stand du tir à la carabine, je veux faire mon malin au jeu de force où il faut taper dans un punching-ball. Je tape dans le ballon avec ma plus grande force et mon plus grand style parce qu'on me regarde, il ne bouge pas d'un iota alors que je ressens une importante douleur au poignet. Sarah ne remarque pas ma douleur et me dit « Regarde, c'est comme ça qu'il faut faire ». J'ai à peine le temps de regarder que le ballon se plie au contact de sa main fermé qui arrive à une vitesse folle. L'écran avec le score s'arrête après de longues secondes sur « 1382 ». Vu les réactions autour de moi, c'est un très bon score... Eh bien, au moins je suis en sécurité dans la rue avec elle. J'étais loin de me douter qu'elle avait autant de force. Avant de partir, évidemment, on prend une pomme d'amour qu'on croque en alternance, assis par terre, le regard en direction du ciel étoilé.

Une belle soirée à trois. Sarah, moi... Et Paulo l'ours brun.

Mercredi 15 mars

Putain, j'ai toujours mal au poignet ! Saloperie de punching-ball de merde ! J'ai tout de même nettement moins mal qu'hier soir donc a priori rien de grave. Et puis de toute façon, c'est comme quand on tombe par terre, la douleur physique n'est rien en comparaison de la douleur de l'ego sous le regard mi-amusé mi-inquiet des badauds. Vous savez, quand on commence à glisser mais qu'on ne peut plus rien faire à part attendre en se regardant tomber pendant d'interminables secondes entre ciel et terre.

Jeudi 16 mars

À l'intérieur de la librairie, je vois dans la rue, devant la grande vitrine, Papy René. Je le montre du doigt à Sarah en me moquant de sa coiffure du jour. Ou plutôt de sa non-coiffure. Les cheveux vont dans tous les sens, on dirait un professeur fou. Il parle avec une dame accompagnée de deux enfants, un garçon et une fille. Je suis sûr d'avoir déjà vu le garçon récemment. Sans doute ici à la librairie. Le rayon enfant marche plutôt bien, même si certains restent des heures par terre à feuilleter de nombreux livres sans faire d'achat. Monsieur Dumoulin laisse faire, pariant sur l'avenir et sur les futurs lecteurs adultes au confortable pouvoir d'achat qu'ils deviendront. « Il ne faut pas contrarier leurs goûts pour la lecture, c'est notre fonds de commerce ». C'est lorsque je le vois courir en rond autour de ce petit groupe que j'ai un flash. Ce n'est pas ici que je l'ai vu ce gamin, je le reconnais à sa façon si particulière de courir, les poings fermés et les coudes vers l'intérieur, c'est lui qui m'a apporté la valise avec le costume ! Je suis dans mes pensées quelques secondes et lorsque je reprends connaissance du monde extérieur ils ne sont plus devant la vitrine, je regarde autour de moi, ils ne sont pas non plus rentrés dans la librairie.

«Qu'est-ce que tu fais ? Ça fait trois fois que je t'appelle ! », s'impatiente Monsieur Dumoulin devant un énorme carton.

vendredi 17 mars

Aujourd'hui Papy René rentre dans la librairie ! Je ne le laisse pas commencer à parler, c'est un exploit avec un tel bavard, et l'interroge mine de rien... « Je vous ai vu hier devant la vitrine ! Vous n'êtes même pas rentré nous dire bonjour ! » Maintenant que la machine à parler est lancée sur le sujet qui m'intéresse, il me suffit d'écouter : « Oui, j'ai croisé Madame Dubaré au moment où j'allais pousser la porte de la librairie. C'est drôle quand même, on est voisins, on ne peut pas faire plus voisins, j'habite au 12 et elle au 14, mais on ne se voit jamais dans notre rue ou à côté de chez nous. Toujours dans la ville, assez loin. C'est drôle, hein ! Ses enfants, je les vois un peu plus. Surtout le petit Léo, c'est comme mon petit-fils. La petite Cassandra je la connais moins, elle est plus timide et elle va moins à l'extérieur, j'ai l'impression.

Hier, on a commencé à discuter devant la porte, mais Madame Dubaré était pressée alors je l'ai accompagné le temps de finir de raconter mon histoire. Et après c'était l'heure de Slam et Question pour un champion sur France 3, alors je ne suis pas revenu ici. »

Non... c'est donc lui... il aurait tout organisé pour que Sarah et moi on se rapproche ? Il connaît très bien ce gamin, ça ne peut pas être un hasard... Mais comment il a fait pour obtenir toutes ces infos sur nous ? Nos adresses ? Nos numéros de téléphone ? Ma taille de vêtements ? Et ce numéro qui a envoyé le SMS, c'est quoi ?

Je m'excuse auprès de Papy René et continue mon travail loin de lui. Je l'écoute au loin parler avec Sarah, visiblement de l'actualité et une blague qui semble la choquer.

Je lui fais un signe de la tête lorsqu'il quitte la librairie, un peu retourné par cette surprenante découverte.

Mais au moins, il ne sera pas difficile de connaître la vérité, il suffira de le laisser parler.

Samedi 18 mars

J'ai bien réfléchi, la prochaine fois que je vois Papy je lui demande si c'est lui qui a tout organisé. Cash. Je ne vais pas le cuisiner mine de rien pendant des jours et des jours. J'ai envie de savoir rapidement. Au pire, s'il ment, je le verrai à sa réaction.

Bien sûr, l'essentiel est le résultat. Je suis avec Sarah, j'en suis tellement heureux. Mais tout de même, ce petit jeu de piste, bien qu'amusant, avait quelque chose de malsain. De l'ordre de la manipulation. J'ai envie de savoir qui a fait ça et pourquoi. Et surtout si c'est uniquement bienveillant. Papy René... Comment ce vieil homme à la folie douce a-t-il pu gérer tout ça ?

Il ne passe pas à la librairie aujourd'hui, il faudra attendre la semaine prochaine pour en savoir plus. Ça va être long...

En attendant, je n'en parle pas à Sarah, je lui expliquerai tout quand j'aurais des infos plus concrètes.

Dimanche 19 mars

Petit brunch dominical avec les colocs qui ont gentiment proposé à Sarah de venir. Deux fois est déjà coutume. Ce petit changement se fait naturellement et visiblement pour le plaisir de tous. Sarah a apporté son crumble poire chocolat qui est à tomber. Avec cela, elle devrait obtenir une invitation à vie. Je tente la blague pendant le repas, avec un succès mitigé. Il est trop tôt, pour ce petit monde qui s'apprivoise, de rire à des choses qui pourraient être prises au premier degré. J'essaye de diriger les conversations pour que tout le monde se sente concerné, et évite la vie de la colocation ou de la librairie, sujets excluant au moins une personne.

On refait le monde, on refait les arts, on refait la société. On refait la vie !

Lundi 20 mars

C'est le printemps !
Il était temps !
Déjà un long moment que je l'attends !
Certes ça ne fait pas cent ans !
Mais tout de même je suis content !

C'est tellement réconfortant !
Pour de la chaleur et du soleil je suis toujours partant !

Mardi 21 mars

Aujourd'hui je suis en congé, alors avec Jamel on fait une petite partie de squash dans l'après-midi. Comme d'habitude, et comme quel que soit le sport, le jeu ou le tirage au sort, il a gagné... Largement gagné... Passons...
Nous sommes allés boire un verre après, une bonne bière histoire de reprendre les quelques calories que l'on a si durement perdues.
Ça fait longtemps qu'on n'a pas passé un moment que tous les deux. Je ne le savais pas mais ça me manquait. Il a une force et une sérénité qui font du bien. D'ailleurs, je me laisse aller à des confidences. Dans un premier temps sur les questions que je me pose sur Papy René. Mais surtout sur ma relation avec Sarah. Le bonheur, la passion, la peur que tout s'arrête du jour au lendemain. Il me laisse parler en silence, avec une impressionnante écoute. Puis il conclut avec une citation d'un philosophe grec.
Je ne veux pas abuser de son écoute, alors je le questionne sur sa vie. Mais il répond des banalités.
À part le jour où il m'a parlé des difficultés de son arrivée en France, il se dévoile peu Jamel.

Mercredi 22 mars

Alerte push de l'application Le Monde reçue dans l'après-midi : « 2 mois après l'affaire de l'ourson à la tête coupée, le point sur l'enquête ».
Résumé rapide de l'article : aucune piste, aucune information complémentaire. Rien...

Jeudi 23 mars

Papy René n'est pas revenu à la librairie depuis vendredi dernier. Mon impatience se transforme rapidement en nervosité grandissante. D'autant plus que s'il ne vient pas aujourd'hui, je ne le verrai pas avant mardi parce que je suis en congé jusqu'à lundi soir. Avec les colocs, nous partons quatre jours à Lisbonne. Il m'est de plus en plus insupportable d'attendre. Il me fait poireauter toute la journée... Il rentre finalement dans la librairie vingt minutes avant la fermeture. Il ne vient jamais aussi tard d'habitude, il regarde généralement ses jeux à la télé. Peu importe, il est là avant notre séjour lusitanien, c'est l'essentiel. Je lui pose LA question, sans préliminaire, à la manière d'un éjaculateur très très précoce.

« Les lettres anonymes que nous avons reçues, Sarah et moi... C'est toi ? C'est vous ? »

Je suis dans un état second, je ne sais même plus si je dois le tutoyer ou le vouvoyer.

J'ai largement le temps de reprendre mes esprits pendant son long silence d'au moins dix secondes. Une éternité. Il me répond lentement à la manière d'un homme politique qui justifie sa réforme polémique au journal de vingt heures. « De toute évidence, j'ai été démasqué, alors je ne vais pas mentir : oui, c'est moi. Parce que la situation le nécessitait. Vous étiez amoureux, et rien ne se passait... J'aurais dû ne rien faire ? Non ! C'était mon devoir d'agir. Je devais agir dans l'ombre, tel un espion de l'URSS, pour que votre curiosité vous ouvre vers les autres... Vers l'autre ! »

Il s'arrête de parler pendant au moins trente interminables secondes, le regard dans le vide. Puis reprend, en me fixant des yeux, avec un ton agressif comme s'il devenait fou « Et puis on ne va pas se mentir, je m'emmerde tout seul ! Je passe mes journées tout seul... Les mots croisés, les jeux débiles à la télé et les émissions pseudo-intellectuelles de France Culture, ça va cinq minutes... Tous les jours se ressemblent. Je m'emmerde ! Vraiment ! Alors, si je peux m'amuser avec deux petits cons, qui ne sont pas capables d'exprimer leurs sentiments de gamins pourris gâtés... Je ne vais pas me gêner ! Bordel de merde ! »

Sarah et Monsieur Dumoulin sortent de la réserve à ce moment-là, inquiets de la virulence du ton de Papy René, je leur fais signe que tout va bien. Papy René ne dit plus rien. Je lui explique alors calmement que j'avais compris que c'était lui parce que j'ai reconnu la semaine dernière l'enfant qui m'a apporté la valise, et que je suis curieux de savoir comment ça s'était organisé, et surtout comment il a pu avoir autant d'informations sur nous.

Papy René répond avec sourire et légèreté, amusé même, comme si rien ne s'était passé précédemment.

« Oh ! Je vais te parler d'un temps que les moins de quarante ans ne peuvent pas connaître. J'étais un important avocat dans cette ville, n'ayons pas peur du mot, j'étais un notable. J'étais un proche de Chaban-Delmas, c'est d'ailleurs grâce à moi qu'il a fait autant de mandats de maire de Bordeaux mais ça c'est un autre sujet. J'étais une personne importante dans la haute-société bordelaise. Quand on a connu le dirigeant de la mairie, le responsable local des postes et télécommunications, le rédacteur en chef de Sud-ouest, les directeurs d'agence des principales banques et qu'on a connaissance d'affaires embarrassantes... Et bien même trente ou quarante ans plus tard, on peut tout obtenir... Un simple coup de fil suffit. Je pense même que je pourrais exiger qu'on tue quelqu'un pour moi... Je sais trop de choses... des choses très graves... »

Dans un premier temps je pense qu'il blague, mais non. La légèreté a laissé place à une certaine gravité.

Il me fait un peu peur avec ce ton et ces propos, je ne l'avais jamais vu comme ça. Je me rends compte que je ne connaissais pas le métier qu'il faisait avant la retraite. C'est bizarre de l'imaginer jeune. Pour moi Papy René est forcément vieux... Je le vois un peu différemment maintenant. Vu son aisance pour parler, ça ne m'étonne pas qu'il ait été avocat. Par contre, il était déjà un peu foufou à cette époque ou c'est seulement une conséquence de la vieillesse ?

Je lui demande quelques précisions point par point, et on peut dire que c'est un malin ce petit Papy René : il a vu nos noms complets sur l'écran de la caisse, cette information lui a permis de retrouver toutes les autres informations. Notre adresse dans l'annuaire pour Sarah et à la mairie sur les listes électorales pour moi et nos numéros de téléphone par des connaissances chez l'opérateur historique. Pour connaître ma taille, il est allé dans un magasin d'une marque que j'achète souvent, il a expliqué au vendeur qu'il souhaitait me faire un cadeau, qu'il ne connaît pas la taille mais peut-être que mes précédents achats sont en mémoire dans l'ordinateur avec la carte fidélité, ce qui est en effet le cas. En ce qui concerne le SMS avec le numéro court, il lui a suffi d'appeler le fils d'un ami qui travaille dans une société de communication spécialisée dans la relation clientèle.

Donc, toute cette histoire a été montée par un petit vieux aux vieilles connaissances bien placées et qui s'ennuie...

Avec le recul je trouve ça drôle d'avoir autant flippé pour si peu. Et puisque ceci me permet de vivre une si belle histoire avec Sarah, je ne peux que le remercier.

À la fermeture de la librairie, j'explique tout cela à Sarah. Elle répond sobrement d'un : « ah ouais, je n'aurais jamais pensé à lui. Du coup, faudra peut-être qu'on officialise notre relation à Monsieur Dumoulin. »

On fera ça à mon retour de congé, mardi. En attendant, j'ai une valise à préparer.

Vendredi 24 mars

Nous partons tous les quatre en tram (ligne B) jusqu'à la place Gambetta puis nous prenons le bus liane 1 jusqu'à l'aéroport. Le trajet en bus est plutôt interminable. La circulation est très dense et nous nous arrêtons à tous les arrêts de la ligne. Peu importe, nous avons largement le temps, nous avons prévu large. Ça me fait plaisir de passer ces moments avec les colocs. Il est vrai que j'ai plutôt été absent ces derniers temps. C'est aussi la plus longue séparation avec Sarah. C'est difficile à gérer, même pour quatre jours. Alors je vais régulièrement lui envoyer des photos sur son messenger. J'ai commencé dès le tram et le bus avec des photos des valideurs de tickets et des écrans d'information sur les prochains arrêts. J'étais trop fier de ma blague. Nous arrivons enfin à l'aéroport, et allons jusqu'au terminal dédié aux compagnies low-cost.

Pour économiser un peu d'argent, nous avons pris deux valises pour quatre. Nous en portons chacun une avec Jamel, visiblement la parité n'est pas de mise sur ce genre de chose. Au moins Sarah aurait porté les deux valises toute seule, depuis la fête foraine elle ne peut plus me faire croire qu'elle n'a pas la force. Mais pourquoi on a pris ces vieilles valises sans roulette ? J'en peux plus moi.

Nous laissons les valises au guichet de notre compagnie aérienne, malgré le poids trop élevé, nous ne payons pas de supplément. Nous passons ensuite la sécurité sans soucis, nous avions bien regardé avant le départ les règles à respecter pour les bagages à main.

Nous allons ensuite directement dans l'avion où nous nous installons tous les quatre sur la même rangée.

Je n'aime pas trop le décollage en raison des oreilles qui se bouchent. Une fois notre altitude atteinte, je m'endors très rapidement. Je me réveille juste avant l'atterrissage. Les trois autres me font croire que j'ai raté des super moments : un strip-tease d'une hôtesse juste devant moi, le champagne offert par un passager qui fête ses soixante ans et le commandant de bord qui a fait blague sur blague. Je ne suis pas dupe, ils se moquent légèrement de moi.

Nous récupérons nos valises sur le tapis, évidemment c'étaient les deux dernières.

Nous prenons deux lignes de métro pour arriver à la maison que nous avons louée dans le centre-ville de Lisbonne. Nous arrivons à l'heure pour la remise des clés. Nous ne parlons pas portugais, la personne qui fait l'état des lieux ne parle pas français, mais nous nous débrouillons avec un mélange d'anglais et d'espagnol, grâce à Victoria, et surtout avec des gestes.

Une fois les formalités faites, nous allons déjeuner sur une petite place du centre-ville où nous faisons dans le cliché culinaire : Porto à l'apéritif, puis bacalhau accompagné de la bière Super Bock et pastéis de nata en dessert.

Nous passons l'après-midi sans programme précis, nous nous baladons tranquillement de rue en rue en profitant un maximum du moment présent. Je prends tout de même quelques photos que j'envoie à Sarah, qui m'envoie en retour des photos d'un carton d'une livraison à la librairie, d'un enfant lisant « L'économie soviétique de 1980 à 1990 » et Papy René tirant la langue. Encore lui !

Samedi 25 mars

Aujourd'hui c'est l'anniversaire du Traité de Rome, traité instituant la Communauté Économique Européenne, ancêtre de l'actuelle Union Européenne.

Nous nous amusons d'être ici le jour de cet anniversaire, euros en poche, sans formalité particulière pour passer la frontière. Victoria nous fait tout de même remarquer qu'il n'y a pas une union mais de multiples accords selon le sujet concerné, auxquels un nombre différent de pays participent, y compris parfois des non-membres de l'union Européenne : Union monétaire, Espace Schengen en ce qui concerne la libre circulation...

Jamel anticipe un interminable débat et prend les devants en nous proposant de commencer nos visites.

Nous faisons les bons petits touristes et faisons les incontournables : le tram Eléctrico 28 au charme d'antan, la Torre de Belém : une tour construite au XVIème siècle, le Monastère des Hiéronymites, le Museu Nacional do Azuleio (carreau de faïence décoré), avant de prendre de la hauteur depuis un miradouro (un belvédère) où nous avons une vue magnifique sur Lisbonne.

Nous passons la soirée à écouter du fado, en buvant du ginjinha, une liqueur de cerises griottes.

Nous abrégeons toutefois la soirée, épuisés par cette journée de marche et de visites dans la ville (et par la liqueur de griotte, faut bien l'avouer)

Nous rentrons dormir. J'envoie une dernière photo à Sarah avant de me coucher, la décence m'interdit de la détailler alors je vous laisse imaginer...

Dimanche 26 mars

Ce matin, on prend le temps de vivre. On n'a pas arrêté une seconde hier alors on se pose un peu, ça fait du bien. Nous prenons tous ensemble le petit déjeuner. Jamel a gentiment tout préparé pendant que nous terminions nos nuits. Il est même sorti acheter des pastéis de nata et toutes sortes de pâtisseries à la taille gargantuesque. J'envoie une photo de mon petit déjeuner à Sarah : thé, café (oui, les deux...), jus d'orange, et une grande assiette de pâtisseries.

Sarah me fait remarquer dans sa réponse qu'en arrière-plan on voit Victoria qui visiblement est très mal réveillée... Je montre la photo à Yoko et Jamel, on se moque gentiment d'elle. Victoria le prend très mal jusqu'au moment où elle voit la photo sur mon téléphone posé sur la table. Elle éclate alors de rire et finalement nous accompagne dans cette bonne humeur matinale.

Cet après-midi nous visitons la ville avec un bénévole d'une association. J'ai fait une visite équivalente à Paris il y a quelques années et j'avais trouvé cela intéressant.

Ça permet de visiter des lieux moins touristiques, au choix du bénévole, selon des thèmes choisis à l'inscription sur internet. Jorge, à peine plus âgé que nous, nous propose de découvrir ses lieux préférés dans la ville. Et il l'aime sa ville ! Nous faisons des kilomètres et des kilomètres à pied, en tram et en métro pour aller d'un point à un autre. Et il la connaît bien sa ville ! Tout est occasion d'expliquer le contexte historique dans les moindres détails. Une poignée de porte d'un immeuble XVIIIème siècle : c'est parti pour dix longues minutes d'explication. Ceci dans un français parfait. Ses cousines lilloises lui ont appris la langue au fur et à mesure de leurs vacances estivales au pays.

Je vois Victoria souffler de plus en plus fort, et j'avoue que j'en ai marre aussi. C'est passionnant... Mais interminable...

Et on commence à avoir tous mal à la tête avec toutes ces informations. Je prends les devants et remercie notre guide pour cette visite. Victoria, Jamel et Yoko, tout à coup soulagés, me remercient du regard.

« Déjà ? Mais la visite n'est pas finie !» me répond, inquiet, Jorge.

J'obtiens la libération du groupe, après quelques minutes de discussion tout de même, en affirmant que nous avons des obligations. Victoria a une idée pour finir la journée et visiter la ville de façon plus sympa : « on choisit à l'aveugle une rue avec le doigt sur la carte et on fait tous les bars de cette rue, une bière chacun par bar ! ». On accepte tous cette idée un peu folle, sans définir quand on s'arrêterait. Très vite on fait n'importe quoi. Et c'est de pire en pire.... On chante, on danse, on montre nos fesses à nos voisins de table.

Visiblement on a tout de même fini par s'arrêter de boire... Je ne me souviens plus de la fin de soirée mais il est trois heures du matin et je suis dans mon lit... Ouh... J'ai mal à la tête. Je n'ai pas le courage de me lever pour prendre une aspirine. Je me rendors.

Lundi 27 mars

Forcément, on se lève tard et pas très en forme. Personne ne se souvient de la fin de soirée et du retour à la maison. Alors tout est possible, tout est imaginable : on est rentrés dans une faille spatio-temporelle, des extra-terrestres nous ont raccompagnés et nous ont installés dans nos lits, on a rencontré l'inventeur de la téléportation qui a fait un test de sa machine, un espion chinois a mis de la drogue dans nos verres pour qu'on oublie tout...

Après avoir pris un copieux déjeuner, on se repose tous dans un petit parc de la ville, allongés sur l'herbe. Un dernier petit tour dans la ville avant de faire le même parcours qu'à l'arrivée mais dans l'autre sens : état lieux de départ de la maison, métro, métro, aéroport, avion, aéroport, bus, tram.. Appartement !

Oh là là... J'ai oublié d'envoyer des photos à Sarah aujourd'hui ! Pour me faire pardonner, je vais la rejoindre par surprise chez elle. On se raconte nos derniers jours. Je suis bien. Je suis heureux.

Mardi 28 mars

J'ENVIAIS beaucoup mes camarades
Ça m'a FAIT VRILLER
Je voulais vivre seul sur MARS
« A VERY HILL », ça ne veut rien dire ?
MAIS je suis sûr de l'avoir lu quelque part
Je te reJOINS là-bas
Tu as JOUI ? YEAH !
OÙ Tu vas comme ça ?
CET AMBRE sent bon !
OH QUE T'ES HAUT BREdouillais-je
NO ! VEND ! BREdouille-t-elle
DESCEND ! BREdouillent-ils

Mercredi 29 mars

Avec Sarah, nous officialisons notre relation auprès de Monsieur Dumoulin avant l'ouverture de la librairie. Il nous sourit et dit sobrement « Quelle surprise ! »
Visiblement nous n'avons pas été très discrets pendant ces dernières semaines, du coup notre annonce fait un flop.
Il est toutefois beaucoup plus intéressé et amusé par les détails de l'histoire, l'intervention de Papy René et le fait qu'on pensait que c'était lui qui était derrière cela. Il conclut une nouvelle fois sobrement « Sacré Papy René. Je suis content pour vous. Il est l'heure d'ouvrir la librairie ».

Jeudi 30 mars

Des meurtres dans des circonstances identiques à l'affaire de l'ourson à la tête coupée sont annoncés dans un autre hôtel parisien, des touristes russes cette fois. Il s'agit également d'un couple et de ses deux enfants, d'âges quasi identiques à la première affaire. Le mode opératoire est le même : les humains et les peluches ont été retrouvés dans le même état. Un dinosaure multicolore au long cou a été découvert sous le lit, la tête tranchée.
L'affaire de l'ourson à la tête coupée est ainsi rapidement renommée « l'affaire des peluches décapitées » par les médias. Toujours aussi sympa pour les humains...
Le réceptionniste annonce n'avoir rien remarqué de particulier, les clients des chambres voisines non plus.
Une certaine panique s'installe chez les touristes à Paris. Le gouvernement annonce une sécurisation des hôtels par les militaires dans le cadre de Vigipirate alors que de nombreux hôtels recrutent du personnel de sécurité. Ceci n'empêche pas l'annulation de nombreuses réservations.

Vendredi 31 mars

Je pense qu'il est temps de moderniser les proverbes, ça ne correspond plus à notre époque, je propose :

- Qui vole du quinoa vole du chocolat
- Le premier pique-nique de l'année ne fait pas le printemps
- Un ami que tu as, vaut mieux que dix followers sur Twitter tu auras
- Beaucoup de like pour rien (variante : beaucoup de buzz pour rien)
- C'est en chômant qu'on devient chômeur
- C'est l'homme politique qui se moque de l'assisté
- Chacun voit midi sur son smartphone
- Ne plus suivre Pierre sur Facebook pour suivre Paul
- Liker c'est liker, enlever le like c'est pas bien
- En avril recharge les piles, en mai rachète l'objet
- Faute de café bio, on boit du Starbucks
- Il faut se méfier du compte Twitter silencieux
- Il faut tourner sept fois sa main dans sa poche avant d'écrire sur messenger
- Il ne faut pas dire, McDo, je ne mangerai pas ton burger
- Il ne faut pas mettre les Nike avant les chaussettes Adidas
- La photo de profil ne fait pas l'ami
- On n'est pas sorti de l'agence pôle emploi
- Qui m'aime me like

Samedi 1er avril

Je regarde de bon matin l'actualité sur des sites d´information. Certains titres me laissent perplexe, en particulier venant de médias réputés en qui j'ai tout à fait confiance : « Pour encourager l'usage du vélo, les cyclistes seront autorisés sur les autoroutes à partir de l'année prochaine », « Laïcité : une commission chargée d'étudier la possibilité de supprimer les jours fériés religieux», « Création d'une taxe sur les insultes ». Cet article me fait beaucoup rire : il explique qu'une application sera installée sur tous les téléphones des personnes majeurs. Cette application, avec reconnaissance vocale, détermine le montant de la taxe selon la gravité des propos. Les non-possesseurs de téléphone de type smartphone devront louer un petit appareil de la taille d'un porte-clé pour cinq euros par mois.

Je comprends enfin ce qu'il se passe : poisson d'avril !

Je décide alors de faire à mon tour une petite blague à mes colocataires : je leur annonce que je quitte la librairie et qu'on m'a proposé de présenter une émission littéraire sur France 5.

Je vois tout de suite que Jamel ne me croit pas, mais il ne dit rien pour ne pas gâcher la blague, tandis que Yoko, qui ne doute un instant de la véracité, est à la fois ravie pour moi et triste que je quitte Bordeaux.

Victoria fait son inspectrice de police en me bombardant de questions : « Qui t'as contacté ? », « Tu as été repéré comment ? », « C'est produit par qui ? », « Tu as fait des essais ? ».

Le flot de questions est tellement rapide et incessant que je me contredis de plus en plus »

Afin d'avoir le dernier mot, je ne réponds pas à une nouvelle salve de questions mais je crie : « poisson d'avril ! ».

Dimanche 2 avril

Aujourd'hui, on remplace le traditionnel brunch du dimanche par une balade en vélo. Nous traversons des villages girondins, pourtant proches de Bordeaux, que je ne connaissais pas. Au départ nous sommes relativement chargés par les victuailles du pique-nique. On s'allège finalement rapidement, au fur et à mesure que nous investissons un agréable spot, sous prétexte que tout de même le vélo c'est fatigant, qu'il faut reprendre des forces et qu'il faut s'hydrater.

Mais comme Jésus, on a transformé l'eau en vin... Ce n'est pas la meilleure des idées pour l'exploit sportif et la capacité à monter les nombreuses côtes, mais c'est parfait pour obtenir une ambiance survoltée dès dix heures du matin. Notre alcoolémie augmente à mesure que le poids de nos sacs diminue. La légèreté retrouvée ne permet pas pour autant d'accélérer le rythme de notre petit groupe. Bien au contraire, nous avançons de quelques mètres lorsqu'un fou rire nous oblige à nous arrêter de longues minutes. Régulièrement nous devons attendre l'un d'entre nous qui est encore plus à la traîne. Midi approche et nous ne pouvons que constater que ce n'est pas le cas de notre destination prévue. Nous prenons la décision de pique-niquer au bord d'un étang à proximité d'un beau château. On s'installe en conservant cette bonne humeur alcoolisée. Nous avons tous très faim. On picore avec une rapidité incroyable tout ce qui se présente devant nous en l'arrosant du reste de vin. Ces quelques centilitres sont de trop... Nous ne retrouvons pas le courage de repartir sur nos vélos. Nous préférons dans un « pas d'inquiétude » bien agréable, faire une petite sieste, jouer à « loup » ou raconter des blagues de cul plus obscènes les unes que les autres. Nous sommes bien. Nous nous amusons bien. L'effet de l'alcool s'estompe petit à petit, sans doute parce que depuis que nous avons terminé le vin nous tournons au Perrier citron vert...

L'après-midi se passe ainsi, dans ce mélange si particulier de bonne humeur, de fatigue, de blagues potaches et de légèreté. Il faut penser à rentrer, mais on a clairement la flemme. Chance inouïe, une camionnette s'arrête juste devant nous.

De toute évidence nous ne serons pas prêts pour Le Tour de France de cet été, mais nous le sommes pour les apéros au soleil avec les copains. On s'est bien entraîné aujourd'hui !

Lundi 3 avril

C'est un beau voyage
Qu'on peut faire à tout âge
Pas besoin d'être sage
Ni mage
Il faut juste aimer le partage
Faire disparaître sa rage
Détruire tous les péages
Et ne pas s'enfermer dans une cage

Mardi 4 avril

Une troisième famille, de nationalité chinoise, a été tuée dans un hôtel parisien. Quatre victimes encore une fois, les parents et les deux enfants, sans compter la peluche du plus jeune enfant, un extra-terrestre à la tête rouge et au corps vert. Chacune de ces deux parties a été retrouvée séparée de plusieurs mètres.

Plus de doute, il s'agit d'un tueur en série. Toutes les familles de quatre personnes en séjour à Paris sont invitées à quitter la ville au plus tôt, ou dans l'attente, de se séparer en deux groupes de deux personnes. Les ambassades conseillent à leurs ressortissants de reporter leurs séjours s'ils avaient le projet de venir. Les chaînes info du monde entier sont en édition spéciale pendant des heures et des heures. Peu d'informations pourtant à annoncer. Le mystère reste entier. Pour éviter ces drames, il faudrait de nouvelles pistes. Malheureusement, elles seront sûrement obtenues par des erreurs commises pendant les prochains meurtres... Voilà tout le paradoxe et le dilemme de la situation.

Mercredi 5 avril

Première fois qu'on se dispute avec Sarah. Et c'est violent. Je serai bien incapable d'expliquer pourquoi. Je crois que chacun a mal compris les propos de l'autre et s'est donc vexé de la réponse qui n'était pas celle attendue. Ce qui est certain c'est que le ton est monté très rapidement. Tous les petits détails agaçants chez l'autre, jusqu'à maintenant gardés sous le silence, sont ressortis d'un coup. Chacun annonce à l'autre tous ses défauts en les exagérant au maximum. On ne s'écoute plus, on fait la liste de nos doléances sans respiration, sans pause. On finit par s'arrêter après quelques minutes, ensemble. On se regarde, on se sourit, on éclate de rire. On est d'accord pour dire qu'on était bien ridicule. Plus tard dans la soirée on se redit au calme, l'un après l'autre et sans exagération ces petits détails qu'on disait si horribles il y a encore quelques minutes. On se rend vite compte qu'en fait on les aime bien ces petits détails. Ses petits détails. Je l'aime. Elle et ses petits détails.

Jeudi 6 avril

Sarah m'annonce que ce soir elle dîne avec son frère. Je souris en me rappelant que je l'appelais « Monsieur Gueule de Connard » avant de savoir qui il était réellement. D'ailleurs je ne lui ai jamais raconté cette histoire et elle ne m'a jamais parlé de lui depuis qu'on est ensemble. Je sais juste qu'il s'appelle Jules depuis ma recherche sur Facebook à l'époque. Je n'avais pas cherché plus d'info, le fait qu'il soit son frère et non mon rival était la seule chose réellement intéressante. Elle me propose de me joindre à eux. J'hésite, pas certain d'avoir envie de jouer au jeu des présentations officielles aujourd'hui. Mais il ne s'agit pas des parents alors je me laisse convaincre.

Sur le chemin, je fais remarquer à Sarah qu'elle ne m'avait jamais parlé de lui. Elle me répond avec un laconique : « L'occasion ne s'est pas présentée ». Puis ajoute trente secondes plus tard « D'ailleurs je ne sais pas non plus si tu as des frères et sœurs, où habitent tes parents, ce qu'ils font dans la vie. »

Je n'ai pas le temps de répondre, nous arrivons au restaurant réservé quelques heures auparavant.

Il nous attend, assis sur un rebord trop petit pour ce grand corps. Sarah fait les présentations d'usage même s'il n'y a aucune information que nous ne sachions déjà : « Lucas, Jules, mon copain, mon frère... »

Nous nous contentons de sourire en nous serrant la main, et de dire un simple bonjour. Ni plus, ni moins. Sarah semble remarquer ce léger malaise propre aux premières rencontres. Elle prend alors les choses en main en nous proposant de rentrer dans le restaurant.

Une fois installés et la glace brisée, nous parlons chacun de nos vies, Jules et moi. Finalement, Sarah est celle qui parle le moins, car elle n'a personne à qui se présenter.

Jules vit à Nantes, mais va s'installer à Bordeaux dans quelques jours. Il était venu la semaine où il récupérait Sarah à la librairie pour préparer tout cela. Il est journaliste pour un journal nantais et vient à Bordeaux créer un nouveau quotidien local, « La Belle Réveillée ». Il me parle avec passion de son métier, des difficultés de la presse depuis internet, mais aussi du formidable renouveau qu'il apporte.

Je lui parle de mes colocs, il semble intéressé par le fait que Yoko soit journaliste et traductrice. Il souhaite créer une rubrique sur les villes jumelées avec Bordeaux.

Fukuoka en fait partie. Il me donne sa carte en me faisant promettre que je la donnerais bien à Yoko.

En fin de soirée, nous parlons de sujets plus divers ce qui permet à Sarah d'être un peu plus présente.

L'ambiance est bonne, le courant passe bien entre nous. Une fois la bouteille de vin terminée, je me laisse aller à raconter que j'ai pensé que c'était son mec, que jaloux je l'avais surnommé « Monsieur Gueule de Connard ». Il éclate de rire, elle se moque gentiment de lui en l'appelant ainsi tout le reste de la soirée.

Vendredi 7 avril

Je passe l'après-midi avec Yoko. Même si la période de déprime est passée, je ne retrouve pas la Yoko que j'ai connue, je la trouve moins enthousiaste depuis quelque temps. Elle semble vraiment heureuse uniquement quand elle parle de notre séjour au Japon. Elle me montre sur internet quelques photos de lieux qu'on pourra visiter. C'est magnifique. Elle raconte tout dans le moindre détail. Je ne l'arrête plus. Je retrouve par hasard dans mon portefeuille la carte de Jules, je la lui donne en expliquant le projet de nouveau quotidien local, elle me répond qu'elle le contactera à notre retour du Japon... C'est-à-dire dans presque deux mois. Je ne comprends pas pourquoi elle veut attendre. Elle a peut-être tout simplement besoin de repos.

Samedi 8 avril

J'ai envie de ne rien faire, mais comme je m'ennuie je compte le nombre de pas entre le pont Chaban-Delmas et le pont de pierre en longeant au plus près La Garonne côté rive gauche : 3 927 pas.

Dimanche 9 avril

Après le déjeuner nous allons tous, les colocs, Sarah et moi, au cinéma voir un petit film d'auteur. Visiblement tout le monde a bien aimé.

En fin d'après-midi, Sarah a rendez-vous avec des copines, alors comme j'ai envie de rien faire et que je m'ennuie, je compte le nombre de pas entre le pont Chaban-Delmas et le pont de pierre en longeant au plus près La Garonne, côté rive droite cette fois : 2949 pas.

Lundi 10 avril

Je ris en achetant du riz
Je m'épate en achetant des pâtes
Je peins en achetant du pain
Je vole en achetant un vol
Je noie en achetant des noix
Je filme en achetant un film
J'éclaire en achetant un éclair
Je vis en achetant une vis
Bref je consomme... Mais pas seulement...

Mardi 11 avril

Papy René est passé à la librairie, et je n'en reviens pas...
Il a pécho Madame Polignac !

Il a fait comme il m'avait dit, il a envoyé une rose par jour, toujours accompagnée d'un carton anonyme. Le premier jour, il a seulement écrit « Si (à suivre) », et a ajouté un mot par jour pour au final obtenir cette phrase « Si vous acceptez de boire un verre avec moi, notez le lieu de rendez-vous de votre choix sur ce carton et remettez-le au livreur, dans le cas contraire, refusez cette dernière rose ».

Elle avait accepté la dernière rose et indiqué sur le carton « Le Régent Café, lundi 3 avril 15h30 ».

Papy René avoue que dans un premier temps, elle n'a pas été heureuse de connaître l'identité de ce mystérieux séducteur. Il l'a convaincue de rester le temps d'un verre. Et il a réussi à montrer de lui une image plus séduisante que précédemment. Depuis ils se voient de longues heures chaque jour... Il raconte cela avec une grande sensibilité, laissant de côté pour une fois son humour un peu lourd.

Il en oublie même de raconter sa traditionnelle blague avant de partir, mais le naturel revenant au galop, il conclut « Puisque désormais tout le monde est en couple, si vous souhaitez pratiquer l'échangisme... »

Juste le temps de faire un clin d'œil, il est déjà dehors.

Mercredi 12 avril

Brèves de la ville, entendues ici ou là...

- Non, pas là ! Il y a du soleil !
- C'est la première fois que je vois des noirs fuir le soleil
- Ça fait des millénaires qu'on bronze, on en a marre !

La dame qui fait le ménage au monsieur du manège pour enfant :
- Je peux faire un tour de manège ?
- Je vais te faire faire un tour de manège, tu vas voir...

- (pour plaisanter, à une amie contente d'un truc) : Si tu es venue répandre ta bonne humeur, tu peux la garder pour toi!
- une troisième personne : « Ben qu'est-ce que tu as ? Prends un BN ! Prends une compote ! »

Jeudi 13 avril

Après le travail je me balade dans différents quartiers du centre-ville. Après quelques kilomètres je me repose sur un banc Cours du Chapeau-Rouge. Mais je ne reste pas assis longtemps, tout à coup je compte les arbres (44), les poubelles (12), les arceaux pour garer son vélo (35)..

Je compte le cinquième lampadaire, je m'arrête, je ne reprends pas : « Mais pourquoi je fais ça ? »

Je rentre alors directement à la coloc, mi-honteux, mi-amusé par mon petit jeu. Je suis un peu plus inquiet lorsque je me rappelle que j'ai compté deux jours de suite mes pas. Je me rassure en me disant que ce n'est pas grave. On est d'accord ? Ce n'est pas grave ?

Vendredi 14 avril

L'enquête de l'affaire des peluches décapitées n'avance pas du tout. Peu d'informations sont annoncées par la police. Alors les rumeurs les plus folles et les théories du complot circulent sur internet dans toutes les langues : c'est commandité par le gouvernement français pour qu'on ne parle pas de la politique intérieure, par la mafia allemande et anglaise pour récupérer les touristes, par des anti jeux olympiques de 2024 pour que l'attribution soit retirée à la ville ou encore que les meurtres n'ont jamais existé, que c'est bizarre quand même ces réceptionnistes et ces voisins de chambre qui ne voient rien, qui n'entendent rien, que c'est forcément les juifs, les illuminatis, les néonazis, voir les trois à la fois.

Sans commentaire...

Samedi 15 avril

Avec les colocs, une fois n'est pas coutume, on décide de jouer ensemble quelques grilles de Loto.

On se met à rêver de ce qu'on pourrait faire avec les six millions d'euros en jeu. Si les grilles sont communes, les rêves sont individuels : la création d'un centre franco-japonais dans chacun de ces deux pays pour Yoko, un tour du monde en moto et voilier pour Victoria, l'achat d'un grand club de foot pour Jamel... Je suis un peu déçu par l'énoncé de ces rêves perso... Vraiment ? Rien ensemble ? C'est chacun pour soi ? On se partage le gain et puis plus rien ? Alors quand vient mon tour d'énoncer mon rêve, je ne trouve rien à répondre. Ma réflexion est interrompue par le tirage : 28 - 29 - 40 - 41 - 49 et le numéro chance le 5.

Nous ne gagnons pas le moindre centime, les rêves resteront des rêves. Et ça me va très bien comme ça.

Dimanche 16 avril

C'est Pâques ! Je fais une surprise aux colocs et à Sarah, je cache des œufs en chocolat dans tout l'appartement. De vrais gamins ! Ils courent partout, se chamaillent les gains... Je m'amuse devant ce spectacle en me faisant la remarque que Sarah s'est vraiment bien intégrée dans ce petit groupe.

Tout en préparant le déjeuner, soyons traditionnels un gigot d'agneau, je leur pique quelques œufs, je n'ai même pas pensé à en garder pour moi avant de les éparpiller dans tout l'appartement...

Pendant le repas, les bouteilles de vin se vident à une vitesse folle. J'ai l'impression que c'est de plus en plus souvent le cas ici ! On me complimente pour le gigot, je fais le modeste, même si je sais bien qu'elle est géniale ma recette.

On termine par un petit dessert de l'excellent pâtissier d'à côté : un nid de Pâques façon cheese-cake.

On commence, et finit, l'après-midi sur le canapé avec thé et œufs en chocolat...

Lundi 17 avril

Lundi de Pâques ! C'est férié ! Vive la religion catholique ! Fournisseur officiel des jours de glandouille aux frais du patron ! Comme il se doit, je ne fais rien ! Je me lève tard, reste en jogging tee-shirt toute la journée devant la télé, me déplace pas plus loin que la cuisine pour récupérer deux ou trois trucs à grignoter.

Je ne ferai pas ça tous les jours, mais c'est agréable de se laisser aller. Prochain jour férié, le 1er mai !

Mardi 18 avril

Putain que c'est beau l'océan
Cet infiniment grand
Nous devant ce géant
Cherchons des réponses et des arguments
Nous trouvons seulement un air vivifiant
Et des vagues sur la terre nous ramenant
Nous n'aurons donc pas la solution, mais putain que c'est beau l'océan

Mercredi 19 avril

Elle se décide enfin ! Victoria nous annonce ce soir qu'elle va lancer son entreprise de dépannage ! Depuis le temps qu'elle en a envie et qu'on l'incite à cela. Je n'ai jamais compris pourquoi, vu son tempérament, elle ne se lançait pas dans cette aventure. Elle a les connaissances, l'envie, la capacité, le minimum d'investissement nécessaire... Elle aurait pu le faire depuis longtemps. Elle remettra sa démission avant l'été, le temps de tout préparer, en particulier les nombreuses obligations administratives.

Jeudi 20 avril

Du nouveau dans l'affaire des peluches décapitées ! Dans chacun des trois hôtels, une seule personne n'a jamais pu être jointe par les enquêteurs dans les heures qui ont suivi les meurtres. Toujours un homme qui a pris une chambre « single » quelques jours avant le drame, sans petit déjeuner, sans réservation au préalable. Le nom est différent à chaque hôtel (Luc Planon, Eric Tesse et Thomas Merlie), mais comme il paye en espèce, aucun moyen de contrôler ces informations. Aucun doute, il s'agit de la même personne dont on perd tout signal le jour du meurtre. Malheureusement, pas de caméra de surveillance dans ces hôtels. Toutefois, la police a effectué des portraits-robots à partir des souvenirs des trois réceptionnistes. Comme les souvenirs ne sont pas les mêmes, et très anciens en ce qui concerne le premier hôtel, les trois portraits-robots sont très différents.

Cela ne va pas faciliter la suite de l'enquête. Les portraits-robots sont tout de même présentés à la presse et il est demandé à chacun de contacter la police si on reconnaît l'une de ces personnes.

Vendredi 21 avril

Il y a huit lettres dans le mot « Bordeaux », sept dans « fenêtre» et quatre dans « tong ».

Les passants mettent environ quinze secondes pour aller de la sortie de l'ascenseur du parking jusqu'aux toilettes publiques.

Dix personnes marchent seules. Il y a également trois duos, un trio et deux groupes de plus de cinq personnes.

Un couple s'arrête devant trois restaurants avant de faire un choix, sur la terrasse cinq personnes boivent du vin, trois de la bière et sept une boisson non identifiable dont trois identiques.

Il faut que j'arrête de tout compter... Ça m'inquiète... À partir de demain je fais attention...

Samedi 22 avril

Je regarde sur LCP un reportage sur les élections en France sous la cinquième République, ça m'inspire un petit poème :

Une petite enveloppe dans une grande urne
Comme un mot doux chuchoté à l'oreille de La
République
Lui dire tout l'espoir qu'on lui porte
Et tous nos rêves pour l'avenir
Une petite enveloppe dans une grande urne
Comme une goutte d'eau dans l'immensité de l'océan
Une goutte d'espérance et de liberté

Dimanche 23 avril

C'est dimanche, c'est brunch, c'est copain, c'est super bien !

Lundi 24 avril

La police annonce par un communiqué qu'elle reçoit de très nombreux appels concernant l'affaire des peluches décapitées. Il s'agit quasi toujours de mauvaises informations, généralement transmises de bonne foi, mais aussi trop souvent de plaisanteries de mauvais goût. Un rappel à la loi est alors effectué.
Pour résumer, l'enquête n'avance pas depuis jeudi...

Mardi 25 avril

Papy René passe à la librairie... Avec Madame Polignac ! C'est donc vrai ! Il n'a pas menti ! Il fait les présentations rapidement, mais je retiens uniquement qu'elle s'appelle Brigitte. Pendant qu'ils font un tour dans la librairie et passent de rayon en rayon, ils expriment leurs amours. Ils n'arrêtent pas ! Ils se prennent dans les bras, par les hanches, ils s'embrassent. À croire que la librairie a remplacé le banc public de Brassens. Et c'est vrai que nos jeunes amoureux « Ont des p'tit's gueul' bien sympathiques ».

Mercredi 26 avril

Aujourd'hui je ne suis pas inspiré
Alors je vais meubler
C'est une bonne idée
Cette rime en "é"
Certes c'est choisir la facilité
Mais c'est moi l'auteur je fais ce qui me plaît
Hé hé hé

Jeudi 27 avril

Je n'ai rien compté depuis vendredi ! Six jours ! Je suis content parce que j'étais tout de même inquiet !
Par contre, depuis, je compte les jours où je ne compte rien. Du coup je compte quand même un truc par jour. Ça va me rendre fou cette histoire.

Vendredi 28 avril

Aujourd'hui je suis générosité : j'offre à Victoria des livres sur la création d'entreprises que j'ai trouvés à la librairie, j'aide Yoko pour l'écriture d'un article qu'elle doit rendre dans trois heures, je paye le menu au restaurant à Jamel qui a oublié son portefeuille et je reste après la fermeture de la libraire pour donner un coup de main à Monsieur Dumoulin.
Je raconte cela à Sarah qui ne travaillait pas aujourd'hui. Réaction : « Et tu ne fais rien pour moi ? »
Ceci m'exaspère. Je ne réagis pas. Elle recommence quelques secondes plus tard en prenant sa voix la plus sensuelle cette fois : « Et tu ne fais rien pour moi ? » Ah... Je préfère comme ça !!

Samedi 29 avril

Les courses du samedi après-midi au supermarché, c'est pas trop notre truc à la coloc, nos emplois du temps nous permettant d'effectuer nos ravitaillements à des horaires moins conventionnels. Il est par ailleurs très rare que nous fassions les courses tous les quatre en même temps. Mais tout le monde est disponible cet après-midi et a un truc à acheter alors c'est parti pour l'aventure. Oui, partir faire les courses avec mes colocs est une aventure... Tout commence, à peine arrivés, par un débat entre Jamel, qui souhaite prendre à l'entrée une scanette pour éviter le passage en caisse, et Victoria qui refuse catégoriquement et le traite d'inconscient : « Tu es responsable du chômage de masse ! ». Imperturbable, Jamel prend l'objet en question, mais Victoria, malgré un regard désapprobateur, le laisse faire. On peut commencer à faire les courses. Éloigné du champ de vision de Victoria, Jamel me regarde en mettant sur sa tempe la scanette et en appuyant sur le petit bouton dessous, il mime la mort en penchant la tête vers la gauche. Je ris.

Rapidement les tensions de l'arrivée laissent place à une bonne humeur générale. Jamel va à toute allure dans les rayons avec le chariot. Victoria fait demi-tour en lui criant « Attend, je vais en chercher un autre, on va faire une course ! » Je dis alors avec fierté « La course des courses ! », mais c'est clairement un échec, personne ne note la blague. Victoria revient avec un chariot supplémentaire et deux catalogues promotionnels. Elle donne l'un des catalogues à Jamel « On doit mettre dans le caddie un article de chaque page, le premier à finir à gagné. Yoko et Lucas, à vos chronomètres, vous êtes les arbitres ! ». Bon, je crois qu'on n'a pas trop le choix, le refus n'est pas dans les propositions. Je ne sais pas ce qu'ils ont mangé ces deux-là ce matin, mais ils sont dans une forme olympique. Ils courent dans tous les sens, évitent de peu les collisions avec les autres clients mécontents, font tomber quelques articles dans la précipitation, heureusement rien de fragile : boîtes de conserve, essuie-tout, chaussettes. Mon cœur s'est mis à battre très fort dans le rayon des vins, plusieurs fois j'ai cru qu'ils allaient s'encastrer dans les bouteilles. Je n'ose imaginer le champ de bataille : le verre en mille morceaux, une énorme flaque collante de vin sur le sol... Heureusement, rien de cela ne se passe ! Victoria a largement gagné, Jamel ayant cinq pages de retard sur les vingt du catalogue. Nul doute que Victoria nous rappellera cette victoire pendant longtemps. J'avoue qu'ils m'ont tout de même bien amusé avec leurs bêtises. On remet tous ensemble les articles dans leur rayon d'origine, sans se presser cette fois, et on fait ensuite nos courses tranquillement. Bien trop occupé à discuter avec Victoria, Jamel oublie de scanner quasiment un article sur deux. C'était bien la peine... Yoko prend alors le relais en lui arrachant l'appareil des mains.. Je lui prends à mon tour l'appareil, et je fais semblant de la scanner « Et toi ? Combien tu coûtes ? ». Elle rit.

Dimanche 30 avril

C'est redimanche, c'est rebrunch, c'est recopain, c'est resuper bien !

Lundi 1er mai

Ah ! le joli mois de mai ! Le voilà enfin ! C'est sans doute mon mois préféré, un vrai mois de printemps. Celui du renouveau, de l'espoir et des belles journées ensoleillées. J'adore encore plus le premier jour de ce mois, il est si particulier. Seul jour obligatoirement férié, c'est le jour de l'année le plus chômé. Ça se ressent dans la ville, l'ambiance est calme et détendue. Au petit matin, je vais acheter quelques brins de muguet à de jeunes étudiants qui ont installé au coin de la rue une table de camping. Il est collé sur cette dernière une feuille de papier à grands carreaux pour grand classeur comme on en a tous eue au collège et au lycée. Le prix a été noté sur la feuille au gros marqueur noir : « 2 € le brin ». Derrière, on peut voir un petit seau avec tous les brins de muguet entourés individuellement d'un papier transparent. Sans doute ne savent-ils pas que la tolérance de vente ambulante de muguet le 1er mai est limitée à la vente de la fleur « en l'état » et que l'installation de vente autorisée est limitée à un parasol, un seau et un siège pliant. Peu importe, je doute qu'on les embête avec cela. J'achète dix brins. J'offre un brin à Yoko, un à Victoria et un à Jamel. Je fais un petit bouquet avec les brins restants pour Sarah et j'improvise un petit poème sur une carte blanche que je retrouve dans mes affaires : « Quelques cloches de bonheur, que je t'offre avec mon cœur, si les fleurs sont périssables, notre amour, je te le promets sera inoxydable. »

Mardi 2 mai

Qu'ils sont charmants
Ces petits changements
Qu'on ne voit pas vraiment
Tous ces petits mouvements
Qui changent notre environnement

Mine de rien en se cachant
C'est tellement enthousiasmant

Mercredi 3 mai

L'affaire des peluches décapitées : on apprend en fin d'après-midi qu'un homme correspondant à l'un des portraits-robots a été arrêté dans un hôtel parisien et mis en garde à vue. Selon les médias, le réceptionniste a contacté la police suite au comportement bizarre de cet homme, légèrement grimé, et qui posait tout un tas de questions sur les autres clients. Il s'est décidé à composer le numéro mis en place par le ministère de l'Intérieur lorsque ce client a souhaité payer en espèces.

Jeudi 4 mai

Lors d'une conférence de presse, le procureur de la République fait le point sur l'enquête qui a énormément avancé suite à l'arrestation d'un homme hier.
L'homme, qui refuse de répondre à toute question, s'est enregistré à l'hôtel sous le nom de Gabriel Mélodie. Selon la carte d'identité trouvée dans son portefeuille, il s'appelle en réalité Nathan Périe. Il n'habite plus à l'adresse indiquée. Un petit agenda papier a été retrouvé dans sa poche, rempli seulement sur les trois dates des assassinats. Pas de phrases, pas de mots, mais des codes toujours constitués de la même façon : deux chiffres, un point, une lettre, un point, deux chiffres (31.P.12, 23.F.87 et 78.R.45). Pas de piste particulière pour le moment concernant ces codes.

Vendredi 5 mai

Je fais une surprise à Sarah, déjà deux mois que nous sommes ensemble. Je refais le même petit buffet que le 5 mars, dans le même appartement, celui de notre stewart préféré. C'était notre premier rendez-vous. Notre vrai premier rendez-vous. Celui organisé par nous-mêmes. J'ai mis des fleurs partout dans l'appartement. C'est magnifique. Je lui offre une bague, en précisant qu'il s'agit d'une bague de non-demande en mariage. Elle éclate de rire, je comprends à peine ses propos hachurés « Tu te prends pour Brassens maintenant ?... » Après quelques secondes d'incompréhension et de déception, je l'accompagne dans le rire.

Samedi 6 mai

Pendant que Sarah peut se reposer tranquillement de notre soirée, je suis au travail en ce samedi. C'est plutôt calme. Effet long week-end de trois jours peut-être... On prend le temps de discuter avec Monsieur Dumoulin. On ne le fait pas si souvent que ça... Et Monsieur Dumoulin est plutôt bavard aujourd'hui. Il me raconte la création de la librairie, les difficultés du début, l'arrivée de la concurrence d'internet. Il me raconte pour la première fois des choses plus personnelles aussi : la séparation avec sa femme il y a 3 ans, sa nouvelle vie de célibataire, sa difficulté à faire des rencontres... Les propos sont de plus en plus intimes, je change radicalement de sujet de conversation : ce n'est pas le lieu, et je ne suis pas la personne avec qui évoquer tout ça. Il se rend alors compte qu'il est allé loin dans la confession, il me demande à demi-mot d'être discret sur ses propos.

Dimanche 7 mai

L'enquête sur les meurtres des hôtels avance désormais très rapidement. Suite à la présentation de la photo du présumé assassin pendant la conférence de presse, des informations concernant son adresse ont été obtenues par des appels de voisins. Seulement quelques photos ont été trouvées lors de la perquisition à son domicile, et le moins que l'on puisse dire c'est qu'elles sont étonnantes... Des photos, prises dans les chambres d'hôtel, des trois peluches, avec et sans tête... Aucune photo des familles. La culpabilité de Nathan Périe ne fait donc plus aucun doute. Des questions demeurent. Pourquoi des touristes dans des hôtels ? Pourquoi des familles de quatre personnes ? Pourquoi les peluches ? Et surtout pourquoi des actes si horribles ?

Lundi 8 mai

Et un jour férié de plus ! Bon, je me fais avoir, comme j'ai travaillé samedi je n'aurais de toute façon pas travaillé. Mais comme les colocs sont à l'appart également c'est plus sympa ! Pour rester dans le thème du jour, nous regardons films et documentaires sur la Seconde Guerre mondiale, dont le très bon « Le jour le plus long ». Après deux films et deux documentaires, les yeux rouges et les corps engourdis par si peu d'activité physique, on se décide enfin à prendre l'air. On va boire un verre en terrasse Place du marché des Chartrons. Après avoir regardé pendant toute la journée toute la violence du monde d'une époque pas si lointaine, ça me fait du bien d'être là, au soleil avec les copains. De la douceur et du rire... parce que les jours de paix sont toujours à fêter...

Mardi 9 mai

Aujourd'hui c'est la fête de l'Europe ! Comme avec nous tout est prétexte pour bien manger et bien boire, on prépare avec les colocs, Sarah et Olivier, un grand buffet avec un plat ou une boisson représentant chaque pays. Gaspacho, spaghetti bolognaise, moussaka, pasteis de nata, bière belge, Guinness, thé britannique (puisque le brexit n'est pas encore appliqué)...
Vingt-huit plats et boissons, on a de quoi manger et boire pendant une semaine !

Mercredi 10 mai

Il prend des photos
Des instantanés de vie
Le malheur comme le bonheur
Il fige la beauté et la laideur
Ce qui ne sera plus jamais sera pour toujours
Dans les yeux et le cœur des générations futures
Qui regarderont au coin du feu
Sans doute devant un écran
Les souvenirs d'inconnus
Qui ont pourtant le même sang

Jeudi 11 mai

Une table, un cahier, une voiture, des ampoules, des drapeaux, des arbres, un coucher de soleil, des pompiers, une barrière, un téléphone qui sonne, une publicité, un téléphone qui ne sonne plus, un message à écouter, des voisins essoufflés, du chocolat, une légère brise, de la moquette, des feuilles sur mes feuilles, un radiateur, une boisson chaude, un petit gâteau...

Oui, j'aime toujours autant les inventaires à la Prévert !

Vendredi 12 mai

Dans ma chambre j'écoute du jazz, je ne le fais jamais d'habitude, mais c'est agréable. Allongé sur le lit, mon esprit part d'idée en idée, de réflexion en réflexion. Tout à coup je me rends compte que je n'ai rien compté depuis plusieurs jours, pas même les jours où je n'ai rien compté. Ce toc est arrivé aussi vite qu'il est parti. Vraiment bizarre !

Samedi 13 mai

Papy René est de passage à librairie ! On le voit beaucoup moins depuis qu'il vit le grand amour avec Madame Polignac. Je le trouve plus apaisé qu'avant, mais moins marrant aussi. Je n'ai pas très envie de l'écouter en fait. Ce n'est plus ce petit vieux rigolo dont on aime gentiment se moquer, c'est désormais un monsieur âgé quelconque. Je continue alors mes occupations sans même faire semblant de m'intéresser à ses propos. Toutefois, après quelques minutes, je me trouve égoïste : égoïste de ne pas l'écouter, égoïste de considérer qu'il est une bête de foire, égoïste de ne pas partager son bonheur.
Je fais alors un peu plus attention à lui. On passe finalement un joliment moment de complicité, puisqu'on nous sommes actuellement heureux pour la même chose : l'amour.

Dimanche 14 mai

Un dimanche avec les colocs uniquement, puisque Sarah a d'autres obligations. Notre repas européen de mardi nous a donné l'idée de faire la même chose aujourd'hui mais avec des plats et boissons des régions de France. Surtout des boissons... Soyons honnêtes... L'humeur devient rapidement joyeuse, mais on reste sage. Je profite de ce moment à quatre, forcément plus rare désormais. C'est étonnant comme on ne se dit pas tout à fait la même chose selon le nombre de personnes présentes. Mais je constate comme une révélation que c'est justement la diversité des situations qui est intéressante. La diversité des instants présents... C'est donc ça la clé du bonheur ! Je vais me calmer sur les vins, je ne suis pas sûr de comprendre tout ce que je pense...

Lundi 15 mai

Je passe la soirée avec Sarah. On regarde tranquillement un programme débile à la télévision quand elle me demande : « Tu ne m'as jamais parlé de ta famille ? De tes parents ? »

Je n'ai pas très envie d'en parler mais il m'est difficile d'esquiver une fois de plus, ce n'est pas la première fois que Sarah lance le sujet, plus ou moins subtilement. Alors je lui propose ceci, qu'elle accepte sans doute en raison de la surprise : « Je vais te raconter trois histoires, l'une d'elles sera vraie ».

Ayant obtenu son accord, je coupe le son de la télévision et commence une première histoire : «Mes parents sont morts dans un accident de voiture quand j'avais dix-huit ans. Je suis le seul enfant, la seule famille qui me reste ce sont les oncles et les tantes. Je ne suis pas très proche d'eux. Étant majeur j'ai pu me débrouiller seul rapidement. »

Sarah m'écoute, sans réaction, je poursuis avec une deuxième histoire « J'ai un petit frère, trois ans plus jeune que moi. Nous sommes fâchés. Il était en couple avec une fille, Ophélie, dont je suis tombé amoureux. J'ai résisté pendant des mois et des mois. Et un jour, pendant un repas de famille, alors que nous étions seuls à l'extérieur, je lui ai déclaré mon amour. Elle a cru à une blague, le repas s'est poursuirvi plus ou moins normalement... Le lendemain elle a quitté mon frère pour moi. Nous sommes restés trois ans ensemble, il ne me l'a jamais pardonné. Mes parents non plus. Je ne suis plus le bienvenu. »

Le silence de Sarah est assez pesant, je continue directement avec la troisième et dernière histoire : «J'ai un grand frère et une petite sœur. Un jour je me suis rendu compte que je n'aimais pas ma famille. Pas de conflit particulier mais je n'avais plus envie de passer du temps avec eux, et surtout de faire semblant. Alors j'ai

pris mes distances, on se donne seulement quelques nouvelles de temps en temps. »
Je vois Sarah qui ne sait pas comment réagir, je n'ai pas envie d'en dire plus, je remets le son de la télévision, on reprend comme si cette parenthèse n'avait pas existé.

Mardi 16 mai

Je rêve de t'offrir une chanson
Avec un son mélodieux de violon
Des paroles sentimentales
Entrecoupées par des cymbales
Et pour symboliser le battement de mon cœur
Une batterie folle à en avoir peur
À défaut de chansons
De musiques et de flonflons
Voici ce poème
Eh oui, je t'aime

Mercredi 17 mai

Avec Yoko, nous nous occupons des derniers préparatifs pour notre séjour au Japon. Départ lundi prochain ! J'ai hâte ! Dans ces moments, Yoko semble retrouver une joie de vivre trop absente ces derniers jours. Pour ma part, j'ai un petit serrement au cœur à l'idée de me séparer aussi longtemps de Sarah. Dix jours... Et même si je suis heureux de faire ce voyage avec Yoko, j'aurais aimé partir avec elle. C'est un moment important de ma vie que nous n'aurons pas vécu ensemble.

Jeudi 18 mai

Au plafond une boule à facettes
Ainsi la vie est toujours une fête
Avec ou sans musique
Je veux que notre vie soit magique

Pas d'autre promesse
Que celle pour toujours d'aimer tes petites fesses
En attendant une dernière danse, un dernier verre
Demain ne regrettons pas hier

Vendredi 19 mai

C'est l'anniversaire de Jamel ! Fiesta ! Et pour honorer la décennie de naissance du plus jeune de la coloc... Soirée années 90 ! Olivier s'est occupé de la playlist...On n'aurait pas dû le laisser faire ! Si tout commence bien, ça part vite dans le n'importe quoi avec Dur dur d'être un bébé de Jordy, La Zoubida de Lagaf' ou encore Pourquoi de Sandy Valentino (Oh ! Mais je l'avais oublié celle-là !).
Mais finalement, c'est sur ces chansons débiles que l'on s'amuse le plus, alcool aidant il est vrai.
Entre deux chefs-d'œuvre musicaux vintage, on offre à Jamel ses cadeaux : une vidéo de bon anniversaire de sa famille au Maroc (filmé par Olivier, de passage là-bas) et une montre connectée.

Samedi 20 mai

La vie, la mort
Toujours et encore
La haine, l'amour
Encore et toujours
Rayons les mentions inutiles
Gardons ce qui est utile
La vie, l'amour
Dans l'ordre et le désordre
La vie de l'amour ou l'amour de la vie
Peu importe
Pourvu que ces deux-là l'emportent

Dimanche 21 mai

Dernier jour avant le départ pour le Japon. Je passe le déjeuner avec les colocs et le dîner avec Sarah. Je suis à la fois pressé de partir en voyage et inquiet car je sais que Sarah va beaucoup me manquer. Vraiment beaucoup. En attendant, j'essaye de passer de bons moments avec les gens que j'aime, sans penser à l'avenir. L'instant présent, encore lui, toujours lui. La valise est prête, le passeport aussi, bonne nuit c'est presque le moment de partir.

Lundi 22 mai

C'est parti pour le grand départ. Avec Yoko, nous prenons le bus en direction de l'aéroport de Bordeaux-Mérignac. Je vous passe les procédures de sécurité, c'est pénible, c'est chiant, ça m'énerve. Nous décollons à 9h15 pour arriver à l'aéroport de Paris-Orly à 10h30. Nous devons changer d'aéroport. « Ah bah, c'est pratique ça. Pourquoi on n'a pas pris un vol qui part du même aéroport ? » Yoko me répond que c'était le vol de moins cher et que ce n'est pas un problème vu le temps d'escale, plus de trois heures. Yoko ne me dit rien mais je me rends compte que je suis peu insupportable. Sans doute un léger stress lié à une petite peur de l'avion. Je fais alors attention à ne pas trop me plaindre. Nous décollons de l'aéroport de Roissy Charles-de-Gaulle à 13h35. Le vol est long, mais je positive... Non, non, je ne suis pas inquiet, stressé, voire angoissé... Pour passer le temps je regarde beaucoup de vidéos, et j'essaye de dormir. Je trouve les plateaux-repas fades, mais il paraît que c'est normal : l'altitude, la variation de pressions et l'air sec nous font perdre la perception du goût.
Je prends sur moi pour ne pas me plaindre toutes les cinq minutes.

Mardi 23 mai / 5 月 23 日 （火）

Nous arrivons, enfin, à l'aéroport de Narita, à soixante kilomètres de Tokyo, à 8h20 heure locale.

Les parents de Yoko nous y attendent. J'ai tellement peu dormi et je suis tellement fatigué que les quelques mots de politesse et de présentation échangés en anglais me demandent beaucoup d'efforts. On verra plus tard pour plus d'échanges et de convivialité.

À peine installé dans la voiture je m'endors. Tout est plus simple sur le plancher des vaches, ou plutôt sur le tatami de judo ! Avant de m'endormir, j'ai tout de même eu le temps de remarquer qu'ici on roule à gauche ! Je ne savais pas !

Lorsque je me réveille, nous roulons encore mais Yoko me dit que nous sommes presque arrivés chez ses parents, à Kōfu, à 130 kilomètres de Tokyo.

Je me sens nettement moins fatigué alors je tente plus de sociabilité avec mon mauvais anglais.

Comme prévu, nous arrivons très rapidement. Les parents de Yoko, Renji et Misaki, habitent une petite maison traditionnelle en bois. Une fois à l'intérieur, chaussures laissées dans le Genkan (l'entrée, plus basse que le reste du logement, qui contient une étagère à chaussures), comme le veut la bienséance locale. J'ai l'impression d'être dans un dessin animé du Studio Ghibli : une table basse au centre du salon et des coussins tout autour, de très belles cloisons coulissantes séparant les pièces. Ma première impression est que tout est plus bas que dans nos habitations occidentales. Mais surtout, plus de sobriété, moins de décoration : c'est apaisant ! Je m'y sens bien.

Renji nous propose un thé, que j'accepte avec plaisir. Ma fatigue est oubliée, nous faisons tranquillement connaissance.

Avant de faire une petite balade avec Yoko, je souhaite faire un Skype avec Sarah, mais je me rends compte que c'est encore le petit matin en France. Ça sera donc pour plus tard, j'envoie seulement sur Messenger un laconique « Nous sommes bien arrivés. Bises ! » à Sarah, Jamel et Victoria.

Mercredi 24 mai / 5 月 24 日 （水）

On en a tous déjà entendu parler... De ces fameuses toilettes japonaises de haute technologie, les « washlets » en mauvais japonais. Je vais de découverte en découverte : « Oh la lunette est tiède ! ». Le nombre de boutons est impressionnant, je ne comprends pas tous les pictogrammes... Je teste les différents jets d'eau : « ah, celui-là c'est pour les dames », « Mais comment ça s'arrête ! ». Je teste également les différentes musiques prévues pour plus d'intimité « Oh mais c'est stressant ce bruit, je ne vais jamais y arriver ». À ma connaissance c'est assez cher ce genre de produits, dommage j'installerais bien ça à la coloc !

Je vous rassure, je visite aussi le pays ! Yoko joue à la guide touristique. Nous visitons des temples bien sûr. Beaucoup de temples : le temple Entaku-ji, le temple Seihaku-ji, le temple Daizen-ji ou encore le temple Erin-ji. Eh oui, c'est vraiment comme les églises chez nous, on pourrait passer des jours et des jours à visiter que ça si on voulait. Mais heureusement on visite aussi d'autres choses car c'est un peu trop répétitif pour moi. Je ne le savais pas mais Kōfu est une ville de vignoble. Ce lien entre Bordeaux et cette terre, distantes de 10 000 kilomètres m'amuse beaucoup. Tout semble différent, les façons de penser n'ont rien à voir, mais notre humanité est liée par des choses communes, dont le vin. J'aime beaucoup cette idée. Nous visitons quelques vignobles, c'est chouette. Et bien que Bordelais, je ne peux qu'admettre que leurs vins sont très bons. Nous rentrons pas trop tard, épuisés par ces nombreuses et passionnantes visites.

En fin de journée, je skype avec Sarah, nous n'avons pas réussi à nous contacter hier. Je suis content de la voir, de lui parler, mais ça me rend un peu triste aussi. On se raconte tout et rien. Je n'aime pas ces conversations où il faut tout raconter à un moment précis. Souvent, je me perds dans mes propos et je me rappelle d'un détail dont je voulais parler bien plus tard, bien trop tard. Je propose à Yoko de faire un Skype avec Jamel et Victoria. Elle accepte avec un enthousiasme que je trouve très limité. Même chose qu'avec Sarah, on se raconte tout et rien, mais surtout rien. Tout de même ravi d'avoir pu leur parler, et surtout de constater que tout le monde va bien, je vais me coucher.

Jeudi 25 mai / 5 月 25 日 （木）

Après un rapide coup d'œil sur Facebook, je me rends compte qu'aujourd'hui c'est l'Ascension. Si c'est un jour particulier en France, car férié, ici c'est un jour comme les autres. Ça relativise plein de choses, je trouve. En particulier sur notre culture occidentale qu'on considère bien trop souvent comme universelle. Des restes de l'idéologie colonialiste sans doute.

Lors de la préparation du voyage, j'avais proposé à Yoko que certains jours je visite le pays seul afin de la laisser profiter de sa famille au maximum. Je me balade donc aujourd'hui en solo dans la ville de Nagano, bien connue depuis les Jeux olympiques d'hiver de 1998. Je prends le train à la gare de Kōfu jusqu'à Matsumoto (une heure de trajet), puis un deuxième train direction Nagano pour plus d'une heure de trajet cette fois. C'est donc vrai, ici, les trains arrivent à l'heure. Pour plusieurs raisons selon un article que j'avais lu en France, en particulier culturelles et économiques, mais ce n'est pas le sujet du moment.

Me voilà donc seul, accompagné tout de même de mon mauvais anglais, dans cette ville de Nagano.

Ici aussi je pourrais visiter des temples, mais je fais volontairement l'impasse pour me concentrer sur le centre-ville, les monuments et les musées. Un peu déçu par cette ville, pas moche, mais pas sublime non plus, rien de spécial en fait. Par contre, les montagnes et la nature tout autour de la ville semblent magnifiques. Je passe tout de même une belle journée, la preuve, il est déjà l'heure de rentrer, et de faire les deux heures de train dans l'autre sens.

Vendredi 26 mai / 5 月 26 日 （金曜日）

C'est nippon, ni mauvais
C'est différent de ce que je connais
C'est trop inconnu pour avoir un avis
Je n'avais jamais goûté ça, à part le riz
J'en mangerai encore avant mon départ
Même si j'avoue que pour le moment je trouve ça un peu bizarre

Samedi 27 mai / 5 月 27 日 （土）

Comme j'ai fait beaucoup de visites ces derniers jours, je me repose un peu et passe du temps avec Yoko et sa famille. Ils sont vraiment adorables, ils font tout pour que je découvre le maximum de choses, y compris ce que la culture japonaise a de moins bon : les émissions débiles de la télévision. Visiblement, ils ne sont pas très fans de cela mais ils me le montrent, car ils savent que ce n'est pas diffusé en France. C'est vrai et on peut s'en réjouir ! Beaucoup de leurs divertissements sont constitués d'humiliations envers les participants. J'avoue que je souris deux ou trois fois, un peu honteux.
Au cours de la journée, je me rends compte que ça fait un moment que je n'ai pas contacté Sarah. Il est encore trop tôt pour l'appeler, décalage horaire oblige. Je l'appelle un peu plus tard, midi heure de France. Toujours pareil, je

suis rassuré de voir qu'elle va bien, on ne se dit pas grand-chose, mais l'appel me rend moins triste que la première fois.

Une fois ceci fait, je rejoins Yoko dans sa chambre. Elle me montre ses livres d'enfant, avec une forte émotion dans la voix. Je ne sais pas pourquoi, je ne demande pas de précision. L'émotion vocale se transforme en une tristesse sur son visage, je la prends dans mes bras, ne sachant comment réagir autrement. Puis nous nous embrassons. Tout se fait naturellement. Aucune préméditation de notre part, mais aucun étonnement non plus. Comme si ce qui devait arriver est tout simplement arrivé.

Le sage baiser est le point de départ d'une harmonie de plus en plus intense. Nous restons ensuite allongés longtemps, sa tête sur mon torse et mes mains dans ses cheveux. Nous ne disons rien. Aucune parole n'est nécessaire, aucune parole ne racontera mieux ce magnifique moment.

Dimanche 28 mai / 5 月 28 日 （日）

Ce matin, je me réveille au côté de Yoko avec une énorme gueule de bois. Une gueule de bois d'amour. Comme le nombre de bouteilles vides que l'on retrouve le matin et qui nous rappelle ce que l'on a trop bu la veille, le joli corps de Yoko et son visage endormi me rappellent ce que j'ai trop aimé la veille. Les questions qui ne se posaient pas hier se posent aujourd'hui avec une grande violence. Je me sens coupable : coupable d'avoir oublié aussi facilement Sarah, coupable de ne pas avoir maîtrisé mes sentiments, coupable vis-à-vis de Yoko à qui je ne peux rien promettre.

Yoko se réveille, je suis mal à l'aise. Elle comprend très rapidement, me rassure, et me dit avec humour « Kōfu c'est comme Las Vegas, ce qui se passe à Kōfu reste à Kōfu ».

Pour être honnête, ceci ne me rassure pas, parce que ce qui me fait peur, ce n'est pas que Sarah puisse l'apprendre, mais mes sentiments. Si tout s'est déroulé aussi naturellement, ça ne peut pas être un hasard. Non, ça ne peut pas être un hasard...

Lundi 29 mai / 5 月 29 日 （月）

Je ne sais plus où j'en suis
Mes pensées qui arrivent je les fuis
Comme les sorties les jours de pluie
Ou un fêtard la fin de la nuit
J'aimerais mettre mon cerveau sur pause
Il faudrait qu'ensemble on en cause
On dit que tout est possible si on ose
Ainsi pas besoin du magicien d'Oz
J'ai peur de la conclusion
De choisir la mauvaise solution
D'avoir un comportement de gros con
Dans ma tête rien ne tourne rond

Mardi 30 mai / 5 月 30 日 （火）

Le séjour se termine bientôt, nous quittons ce matin la maison des parents de Yoko pour aller à Tokyo afin de faire quelques visites avant le départ demain soir.
Pour économiser un peu d'argent, nous avons pris une seule chambre pour ce soir. Vu la situation, ça m'inquiète un peu. Nous prenons le train direction Tokyo, un trajet de presque trois heures. Nous avons ainsi le temps de parler de ce qui s'est passé, à l'initiative de Yoko bien plus courageuse que moi. Elle m'explique qu'elle sait que je suis très amoureux de Sarah et que ce qui s'est passé chez ses parents est dû à une situation particulière, à une parenthèse qui sera fermée dès que nous serons rentrés à Bordeaux. Je me laisse convaincre par ses arguments, en particulier sur le fait que tout reprendra son cours normal

à Bordeaux. Je poursuis le voyage plus léger, moins inquiet.

Une fois arrivés à Tokyo, nous laissons nos bagages à l'hôtel, nous déjeunons rapidement, et allons faire quelques visites de la ville. Je suis impressionné par cette immense fourmilière : des piétons circulant dans tous les sens autour d'immenses buildings.

Nous marchons énormément, ça ne me dérange pas d'habitude mais aujourd'hui je suis un peu fatigué. J'essaye de profiter tout de même des dernières heures ici. Yoko me fait visiter les incontournables de Tokyo : le palais impérial, le marché aux poissons de Tsujiki, le jardin Hama-Rikiū, le quartier de luxe Ginza et enfin la tour de télécommunication la plus haute du Japon et du monde : Le Tokyo Metropolitan Building. Du haut de ses 634 mètres, nous avons une vue sur toute la mégalopole qui me coupe le souffle.

Mercredi 31 mai / 5 月 31 日 (水)

Dernier réveil au pays du Soleil-Levant. Je n'ai pas beaucoup dormi. Dans la même chambre que Yoko c'est compliqué... J'espère qu'elle a raison et qu'une fois le pied sur le sol bordelais, ceci sera un problème sans importance du passé.

Avant de partir pour l'aéroport, nous faisons une dernière balade : nous visitons un musée (le Musée national de Tokyo) et un apaisant jardin (Koishikawa Korakuen).

Malheureusement, il est rapidement l'heure d'aller à l'aéroport. Voilà, c'est fini. Ma peur de l'avion reprend d'un coup. Je l'avais complètement oubliée. Je demande à Yoko de passer dans une pharmacie acheter des relaxants. Elle me ramène un truc aux plantes un peu bizarre, je le prends, espérant au minimum un effet placebo.

Nous repassons à l'hôtel prendre nos bagages puis nous allons en direction de l'aéroport. Ce n'est pas le même qu'à l'aller, il s'agit cette fois de celui de Haneda, beaucoup plus proche de la ville que celui de Narita. Nous décollons juste avant minuit, arrivée prévue à l'aéroport Paris-Charles de Gaulle à 4h45 du matin. Les plantes sont d'une incroyable efficacité, je m'endors quelques minutes après le décollage.

Jeudi 1er juin

Nous atterrissons à Paris à l'heure prévue et décollons dans la foulée direction Bordeaux. Nous arrivons au petit matin à la colocation, juste le temps de saluer Jamel et Victoria avant qu'ils partent travailler. On se donne rendez-vous le soir même, « Vous nous raconterez tout dans les moindres détails... ». Je souris bêtement pour cacher ma gêne des mensonges par omission à venir... Épuisés par le voyage et le décalage horaire nous regagnons chacun notre chambre. Je m'endors en moins de cinq minutes. Lorsque je me réveille deux heures plus tard, je pense immédiatement à Yoko et quelques secondes plus tard, un peu honteux, à Sarah. J'entends Yoko quitter l'appartement, j'en profite pour me lever. J'envoie un SMS à Sarah pour lui proposer qu'on se voie demain, prétextant une trop grande fatigue pour le jour même.

Vendredi 2 juin

Lorsque je la revois pour la première fois, je suis rassuré, mon cœur bat fort comme avant, peut-être même plus. Je l'aime. J'oublie très vite mes égarements passés et je profite de ces heureuses retrouvailles. Je lui promets que mon prochain voyage, ça sera avec elle. J'imagine déjà le cliché du voyage en amoureux : Venise, ses gondoles, du lambrusco et une chanson d'amour en italien.

Samedi 3 juin

Puisqu'on se lasse
De boire toujours les mêmes tasses
Puisque le temps passe
Sans jamais qu'on s'enlace
Puisqu'on ne regarde pas la vérité en face
Et qu'elle est longue cette mauvaise passe

À coup de marteau je casse
À coup de peinture blanche j'efface
Je suis prêt pour une nouvelle préface

Dimanche 4 juin

Je relis mon poème d'hier, j'espère que ce n'est pas mon inconscient qui parle...

Lundi 5 juin

Lundi de Pentecôte. Jour férié ou pas... Je ne sais pas, je ne comprends rien... La librairie est fermée aujourd'hui, je ne reprends le travail que demain. C'est la seule information qui m'importe. Je passe la journée avec Sarah à Arcachon. Restaurant, balade, bateau et coucher de soleil à l'écart du monde. La vie est belle.

Mardi 6 juin

Aujourd'hui je débarque... au travail ! Bon, faut reprendre le rythme mais ça va, je suis content de retrouver mon quotidien. Les habitués de la librairie savent que j'étais au Japon, alors je raconte en boucle les mêmes banalités « oui, il a fait beau », « oui, c'est magnifique », « oui, j'ai mangé des choses bizarres ». Et voici Papy René, il ne manquait que lui ! Je retrouve le taquin et coquin qu'il était il y a quelques mois. Il m'interroge sur les japonaises, les geishas, la sexualité nippone. Visiblement il a vu beaucoup de films... Il m'interroge aussi sur les retrouvailles avec Sarah. Je le laisse parler, je réponds le moins possible. Je me rends compte que j'ai besoin de raconter à quelqu'un ce qui s'est passé au Japon, mais Papy René ce n'est vraiment pas l'idéal pour la discrétion. Il sort de la librairie juste après avoir raconté une blague : «Dicton : dans la forêt des Landes attention à la sève des pins, au Bois de Boulogne attention à la sève des pines ».

112

Mercredi 7 juin

Nathan Périe a été arrêté il y a un mois dans l'affaire des meurtres dans les hôtels. Le procureur fait ce jour une conférence de presse. Après un mois de silence, et une enquête qui n'apportait plus de nouveaux éléments, l'accusé a enfin avoué avoir commis ces meurtres. Il affirme que « Les peluches étrangères sont méchantes et qu'il protège la nation de l'invasion ». Quand on lui fait remarquer qu'il a tué des humains, il répond qu'ils sont responsables de tout, ils le méritent...

Il n'a pas donné d' explication concernant les codes dans son agenda les jours des meurtres (31.P.12, 23.F.87 et 78.R.45), ni sur le fait de s'attaquer aux familles de quatre personnes.

Puisqu'il y a une « idéologie » derrière ces actes, il n'est plus vraiment considéré comme un tueur en série, ces derniers agissant uniquement par pulsions.

Il n'avait jamais été suivi pour problèmes psychologiques, c'est étonnant vu le personnage...

Jeudi 8 juin

Un quartier d'orange parle à un autre quartier d'orange :
« Je suis un quartier défavorisé, j'ai beaucoup de pépins »

Tu sais ce que c'est l'inverse d'un Musée des Beaux-Arts ?
Un musée des lézards !

Sans la farce, la tomate c'est pas drôle !

Les blagues salaces, ça lasse...

C'est étonnant qu'on ne te trouve pas de stylos dans les magasins de vêtements, parce que les stylos à bille...

Un type du Soudan qui a trop bu et qui est rejeté est un saoul damné

Vendredi 9 juin

Je passe la soirée avec Sarah. C'est bien, c'est comme avant mon séjour au Japon. Il y a juste ma honte de l'avoir trompé en plus... Je ne sais pas si j'aurai le courage de lui dire un jour...

Samedi 10 juin

Je passe la soirée avec les colocs. Mais je ne vois que Yoko. C'est fou, je crois que je n'avais jamais vu avant ce soir à quel point elle est belle. Elle a ce que j'appellerais un charisme dans la discrétion, elle irradie la pièce de sa présence, y compris dans le silence. Après de longues minutes, je pense à Sarah, je l'aime, je le sais. Mais est-ce que j'aime aussi Yoko ? Je ne peux plus me mentir, je l'aime aussi. C'est une évidence ce soir. Elle est belle. C'est une belle personne dans tous les sens du terme. Je m'oblige à penser à Sarah mais Yoko est devant moi et je ne vois qu'elle. Après le dîner et les parties de jeux de société, j'ai attendu que tout le monde soit couché pour rejoindre Yoko dans sa chambre. Nous n'avons pas eu besoin de parler, la parole du corps est plus forte que tous les mots de toutes les langues de la Terre.

Dimanche 11 juin

Je retrouve ma chambre au petit matin, afin d'être discret vis-à-vis des colocs. Objectif à moitié atteint. S'ils n'ont pas compris qu'il s'agit de moi, Jamel et Victoria ont cuisiné Yoko toute la matinée pour en savoir plus sur la présence qu'ils ont entendu dans sa chambre.
Je vais devoir prendre une décision et j'en suis incapable.

Lundi 12 juin

Oui, je redoute
De prendre la mauvaise route
Que tout ce cela me coûte
Et se termine en déroute
Que faire de mes doutes ?

Mardi 13 juin

Lorsque je rentre du travail, Yoko est seule à la coloc.
Visiblement elle m'attendait. Alors que je lui parle de
banalités de la vie quotidienne, elle me fait une
déclaration d'amour comme on ne m'en a jamais faite.
Ses mots sont si beaux, je suis touché, presque coulé. Elle
insiste sur le fait qu'elle ne me demande rien, mais qu'elle
avait besoin de me dire tout ça. Je ne sais que répondre,
alors je ne lui réponds rien. Je la prends seulement dans
mes bras. Pourtant j'aimerais lui répondre que je l'aime,
parce que je l'aime. Mais je n'ai pas le droit de faire ça à
Sarah, à Yoko et à moi. Alors je me tais dans une
insupportable douleur.

Mercredi 14 juin

Je passe la soirée avec Sarah et je dois l'avouer, entre
honte et plaisir, que cette double vie qui s'installe ne me
déplaît pas. Je n'ai aucune raison de quitter Sarah parce
que je l'aime. Et pourquoi ceci devrait m'interdire d'aimer
aussi Yoko ? D'ailleurs, je n'ai pas choisi d'aimer Yoko.
C'est un fait. Fin du débat. La seule chose qu'on peut me
reprocher, et à juste titre, c'est de mentir à Sarah. Mais
comment faire autrement ?

Jeudi 15 juin

Pour ce soir j'oublie les problèmes sentimentaux et passe

un bon moment entre mecs avec Jamel. J'aimerais pourtant lui parler de tout ça, mais ça n'est pas possible. Je souhaite préserver Yoko au maximum.

Alors, en terrasse du pub irlandais, et devant une bonne pinte de bière blonde, je fais en sorte de n'évoquer que des sujets anodins ou de le laisser parler. Surtout de le laisser parler en fait. Il me raconte ses aventures de Don Juan, un rencard par jour la semaine dernière, et qu'il sait que la mère de ses enfants est l'une de ces sept femmes, mais pas laquelle précisément. Je souris en pensant que nous avons finalement presque le même problème.

Vendredi 16 juin

Je retrouve discrètement Yoko dans sa chambre à la nuit tombée. Ces moments de clandestinité sont plutôt excitants. Nous nous efforçons d'être le plus discrets possible pour éviter les questions gênantes au petit matin. J'oublie toutes les questions, tous les doutes, tous les remords. Je suis bien, je suis heureux. Tout simplement.

Samedi 17 juin

Ce samedi, je travaille en en duo avec Monsieur Dumoulin, Sarah ayant sa journée de libre. Beaucoup de monde à la librairie toute la journée, je n'ai pas une minute pour moi. Tant mieux, le temps passe plus vite et ça m'évite de penser au sujet auquel je n'ai pas envie de penser. Pas de doute, l'été approche au vu du nombre de livres de poche « de plage » que nous avons vendus. Papy René passe juste avant la fermeture, visiblement pas de soucis sentimentaux pour lui, il semble plus heureux que jamais. Il exprime quelques propos grivois sur les jolies filles en robe dans la rue mais avec un ton plus classe qu'il l'aurait fait il y a quelques mois. D'ailleurs il me dit une petite blague toute mignonne avant de partir : « C'est l'histoire d'un schtroumpf qui court, qui tombe... et qui se fait un bleu ».

Dimanche 18 juin

Retour du traditionnel petit brunch à la coloc en ce dimanche. Mais tout est désormais différent. Faire semblant devant les autres ne m'amuse guère. Je contrôle tout ce que je dis, tout ce que je fais. C'est épuisant. Je ne peux plus être moi-même. Je sens bien qu'à force de mentir à tout le monde je m'isole. Je crée comme une bulle de protection autour de moi, ça ne pourra pas durer comme ça éternellement. Yoko semble mieux gérer que moi, elle est si belle, si rayonnante.

Lundi 19 juin

Il regarde par la fenêtre, les bateaux et les mouettes
Le soleil apparaît, de quoi réchauffer son cœur et son passé un peu trop glacé
Devant lui l'horizon et un magnifique ciel bleu, il se met à rêver d'une vie sans nuage, orage et saccage
Il a envie d'aventure, loin de sa voiture, des murs et des petites dictatures
Ici pas de mélancolie, juste de la vie

Mardi 20 juin

Sur le mur de l'immeuble ont été tagués cette nuit des chiffres et une lettre qui m'interpellent. Quelques secondes me suffisent à me souvenir, ça ressemble aux codes dans l'agenda du tueur des hôtels parisiens, dans l'affaire des peluches décapitées.
En noir, sur toute la longueur de l'immeuble apparaît donc un énorme «25.S.19 ». C'est exactement la même structure. Cette similitude est étonnante, c'est une drôle

de coïncidence. Enfin j'espère. Je prends une photo et je vais rapidement au travail, je suis presque en retard.

Mercredi 21 juin

Enfin l'été ! Le soleil a bien noté ce rendez-vous dans son agenda et est présent dès le lever du jour. Ses copains nuages ont compris qu'ils ne sont pas invités à la fête, le ciel est d'un bleu éclatant. Je passe la soirée de la fête de la musique avec les colocs et Sarah. Voilà une situation que je n'avais pas anticipée, Yoko et Sarah a quelques centimètres l'une de l'autre, et moi mal à l'aise dans cette situation. Nous nous déplaçons de scène en scène dans la ville trop petite pour cet afflux de mélomanes buveurs. Visiblement plus buveurs que mélomanes pour beaucoup d'entre eux. Je dis cela mais nous aussi nous enchaînons les pintes de bière un peu rapidement, ce qui me permet de me détendre un peu pour la fin de soirée. J'espère toutefois ne pas gaffer à cause d'un excès de confiance.
La soirée se poursuit dans une ambiance de plus en plus exaltée et se termine quasi au petit matin en dansant et en hurlant comme des fous sur de la musique électro dans une petite rue du quartier Saint-Pierre. Le DJ nous amuse beaucoup : il porte un tee-shirt où est inscrit « DJ, je l'étais... même en hiver ! », une casquette jaune où on peut lire son nom « DJ Ridoo ». Régulièrement, il lève le bras droit en direction du public en criant d'une voix exagérément grave « Youyou ! ». Nous éclatons de rire à chaque fois. La fête s'arrête lorsque la police vient pour réclamer le silence, nous avons largement dépassé l'heure autorisée. Nous rentrons alors tous à la maison. Nous prolongeons toutefois le plaisir en prenant des détours, des petites rues et des impasses qui nous obligent à faire demi-tour.

Jeudi 22 juin

Ce matin j'arrive à la librairie à l'heure mais très fatigué

par le cocktail alcool-courte nuit. Je me réveille pour de bon en voyant Monsieur Dumoulin effacer un énorme tag sur la vitrine. Même légèrement effacé, pas de doute, c'est le même tag que sur le mur de l'immeuble : «25.S.19 ».
Ce n'est donc pas une amusante coïncidence mais un acte volontaire, et de façon très logique je me sens visé. Je suis encore plus inquiet qu'à l'époque des lettres anonymes. J'essaye d'expliquer à Monsieur Dumoulin que nous avons eu le même tag à l'immeuble, mais il bougonne et me demande d'aller travailler.
J'essaye de ne pas trop m'inquiéter, malgré la référence à l'horrible fait divers, j'espère une mauvaise blague de quelqu'un qui me connaît bien.

Vendredi 23 juin

Jour de repos. Je marche. Je respire. Je m'allonge dans l'herbe. J'écoute de la musique. Je mange une glace. Je regarde le ciel. Je ferme les yeux. Je m'isole. Je tourne sur moi-même. Je tourne autour les arbres. Je bois du thé. J'oublie mon téléphone. Je sens le parfum des fleurs. Je lis des poèmes.

Samedi 24 juin

Après la journée de travail je vais chez Sarah, nous avons prévu une soirée plateau télé au calme.
Dans l'ascenseur, je remarque une toute petite inscription au stylo bille bleu. Je regarde de plus près, c'est bien ce que je craignais, toujours les mêmes chiffres et la même lettre «25.S.19 ». Je n'ai pas le temps d'avoir la moindre réaction que j'arrive à l'étage de Sarah. Je la questionne sur le sujet, elle me répond ne pas avoir remarqué cela dans l'ascenseur. Elle passe rapidement à un autre sujet et nous passons ensemble une excellente soirée : programme télé débile, vin blanc et sushis.

Dimanche 25 juin

Jour de brunch. Je marche. Je respire. Je m'allonge sur le canapé. J'écoute les colocs. Je mange des oeufs. Je regarde la table. Je ferme les yeux. Je m'isole. Je tourne sur moi-même. Je tourne autour des chaises. Je bois du thé. J'oublie mon téléphone. Je sens le parfum de Yoko. Je lis les règles d'un jeu.

Lundi 26 juin

Les bonnes idées
Celles qui nous font avancer
Les bonnes décisions
Celles qui nous font champions
Les bonnes initiatives
Celles qui nous font les futures archives

Mardi 27 juin

Jour de travail. Je marche. Je respire. Je m'allonge dans la réserve. J'écoute les clients. Je mange une pomme. Je regarde le plafond. Je ferme les yeux. Je m'isole. Je tourne sur moi-même. Je tourne autour des rayons. Je bois du thé. J'oublie mon téléphone. Je sens l'odeur du papier. Je lis des poèmes.

Mercredi 28 juin

Je passe la fin de journée avec Victoria. Une éternité que nous n'avons pas passé un moment ensemble.
Elle me raconte la création de son entreprise mais très vite je remarque qu'elle me pose pleins de questions. On peut le dire, elle me cuisine... Je ne sais pas trop quelles informations elle a déjà et lesquelles elle tente d'obtenir, mais j'ai l'impression qu'elle a seulement remarqué que je ne suis pas très en forme ce moment. Je vais dans son

sens en expliquant que je suis très fatigué, que le séjour au Japon était super mais pas reposant, que j'ai juste besoin de quelques jours de repos. Visiblement cette réponse lui suffit et nous terminons la soirée à regarder un film accompagné d'un bon vin rouge.

Jeudi 29 juin

ABCDEFGHIJKLMNOPQRTUVWXYZ

Vendredi 30 juin

Aviez-vous remarqué qu'il manque la lettre « S » ?

Samedi 1er juillet

J'äïmė beãüćøūp čęs jōlįs ćårāctères ūn pēü bīzârrės

Dimanche 2 juillet

Des arbres dansent sous les caresses du vent
Et le soleil se cache derrière les bâtiments
Des amis chantent le vin des retrouvailles
Et les enfants courent la liberté comme des canailles
De la musique rythme la pulsation des cœurs
Et les amoureux ne cachent plus leurs ardeurs
C'est une si belle soirée d'été
Une soirée d'amour et d'amitié

Lundi 3 juillet

Je trouve Sarah particulièrement tendue ce soir. Elle s'énerve pour un rien, semble un peu ailleurs et me répond sèchement « ça va » quand je lui demande ce qu'elle a ce soir. Je n'insiste pas et je reprends le visionnage de vidéos sur mon téléphone. Quand elle s'approche de moi cinq minutes plus tard avec un cinglant « Faut qu'on parle », je comprends tout de suite que mon heure est venue et qu'elle a tout découvert. Elle attend de longues secondes avant de poursuivre, me laissant dans une inquiétude grandissante. Quand elle reprend la parole mon esprit divague et je ne l'écoute plus vraiment. La fin du court monologue m'extrait de mes pensées « ... Voilà, je t'ai trompé pendant ton séjour au Japon ».
Oh là là, je ne suis pas sûr d'avoir bien compris, mais je me refuse de lui faire répéter. Je la regarde, le plus neutre possible et bredouille des propos comme je peux « Je... Tu... Euh... Merci de ta confiance... De me le dire... Euh...»
La possibilité de faire des aveux moi aussi arrive

forcément dans mon esprit avec une multitude d'autres pensées qui s'entrechoquent dans mon cerveau. Mais je n'y arrive pas. C'est pourtant le meilleur moment pour le faire, c'est maintenant ou jamais. Sarah me serre dans ses bras en silence. Ça sera jamais.

Mardi 4 juillet

À la librairie nous vendons depuis quelques semaines au rayon enfants des jeux éducatifs, dont un tableau métallique avec des chiffres et des lettres aimantés. Nous avons mis un exemplaire en exposition que les clients de tous âges aiment essayer en formant des mots, généralement leur prénom. Ce matin à mon arrivée, ce n'est pas un mot que je vois sur le tableau... Mais ce foutu code « 25.S.19 ».
Je rappelle à Monsieur Dumoulin qu'il s'agit du même code que sur le tag de la vitrine. Il me répond un «Ah oui possible » qui exprime son désintérêt pour le sujet. Je reste inquiet de voir et revoir ce code.

Mercredi 5 juillet

Un nouveau fait divers est annoncé par les médias. Dans un petit village de Normandie un homme a été retrouvé mort chez lui allongé sur la table du salon, torse nu et rempli de dessins au stylo bille noir, des croix de toutes sortes: croix chrétienne, croix de Lorraine, croix gammée, croix basque, signe multiplié...
Pas de trace de coups et pas d'indice particulier pour le moment selon la police.

Jeudi 6 juillet

Papy René est bien matinal aujourd'hui, il rentre dans la librairie à la première minute d'ouverture. Il est d'humeur joyeuse et coquine. Il vit toujours le grand amour, et ça lui va bien. Le même esprit qu'avant, mais avec une sensibilité en plus. Il est venu acheter un guide touristique, il prépare un séjour romantique à Venise.

Vendredi 7 juillet

J'ai un message sur mon répondeur d'un numéro anonyme. Une minute pile d'enregistrement, une voix type GPS récite en boucle « Vingt-cinq point S point dix-neuf ». Une ligne rouge a été franchie dans mon esprit : c'est personnel un numéro de portable, c'est bien moi qu'on cible. Devant le commissariat de police, j'hésite à rentrer, j'ai peur de ne pas être pris au sérieux. Tant pis, j'y vais, bien trop inquiété par cet appel. J'explique tout au jeune policier qui m'écoute avec attention. Il me rassure en m'expliquant qu'il s'agit souvent de mauvaises blagues de l'entourage, mais que dans le doute j'ai bien fait de venir. J'en profite pour expliquer l'affaire des lettres anonymes du début d'année avec un total désintérêt du gardien de la paix cette fois. Il conclut en m'expliquant que « nous avons trop peu d'indices pour commencer la moindre enquête, qu'il ne faut donc pas hésiter à communiquer toute information complémentaire »

Samedi 8 juillet

Ce soir je te drague
Car de toi je suis dingue
Pour toujours tu seras ma drogue
S'il le faut je détruirai les digues
Qui nous séparent sans dialogue

Dimanche 9 juillet

Journée pique-nique à la campagne avec Victoria et Jamel. Sans Yoko et Sarah donc. Ainsi je retrouve l'ambiance de nos anciens dimanches, de nos anciennes soirées. Des moments forts d'amitié bien plus simples que ces histoires d'amour qui finissent toujours par nous rendre tristes à un moment ou un autre. Je passe un très bon moment de légèreté et de rire, enivré juste ce qu'il faut par un petit Lambrusco rosé bien frais. Enivré juste ce qu'il faut jusqu'au moment où il a fallu se concentrer sur les règles des jeux de société, nous n'avons pas réussi à faire une seule partie, trop hilares de nos mauvaises blagues à la lecture des règles. Nous avons alors terminé l'après-midi allongés dans l'herbe avec un fond musical.

Lundi 10 juillet

Ce soir comme hier
Il éteint la lumière
La nuit a gagné son esprit
Et supprimé toute envie
Demain est un autre jour
Mais à cela il reste sourd
Quand la vie ne donne plus de solution
Rien ne fait illusion
Pourtant allongé il ferme les yeux
Et s'imagine très heureux
Comme une boussole qui retrouve toujours le nord
Sans le savoir au fond de lui il espère encore

Mardi 11 juillet

Rien (en mode Louis XVI le 14 juillet 1789).

Mercredi 12 juillet

Rien (en mode c'est moi le roi j'ai tous les droits, je le ferai tant que je veux...).

Jeudi 13 juillet

Demain c'est férié, Fête nationale, alors ce soir fiesta ! Le thème est tout simplement « Bleu, blanc, rouge » : pour les costumes, la décoration, les plats et les boissons, seules ces trois couleurs sont autorisées. La quarantaine d'invités a dans l'ensemble joué le jeu, surtout Thomas, un ami de Jamel qui est venu en Grand Schtroumpf. Il nous a bien amusés. Pendant que Sarah me colle toute la soirée, Olivier, qui nous honore de sa présence entre deux vols, lunettes de soleil sur le nez et chaîne en or qui brille sur chemise ouverte, drague à tout-va. Il est très lourd, il me fait honte, je l'évite toute la soirée. Tout le monde semble bien s'amuser sur la playlist thématisée : Le France de Michel Sardou, la java bleue, des chansons de France Gall, Bleu blanc rouge de Omar et Fred...
Je bois toute la soirée notre cocktail curaçao, rhum, grenadine. J'ai très vite mal à la tête, mais je m'amuse bien.

Vendredi 14 juillet

J'ai mes petites habitudes pour le 14 juillet. Je regarde sur France 2 le défilé militaire en buvant des cafés très serrés et des grands verres d'eau et d'aspirine effervescente. C'est le cas cette année, avec un mal de tête bien plus fort. Assez terrible ce cocktail...
Je suis d'un œil endormi le défilé jusqu'au passage de la patrouille de France. J'ouvre alors bien en grand les deux yeux, pour ne pas rater un instant de ce fabuleux spectacle. Je m'assoupis un peu sur le reste du défilé. Mais je vois l'essentiel.
Comme il fait beau et que je suis désormais reposé, je vais en début d'après-midi me promener seul dans la ville. Je fais un très grand tour, c'est très agréable. Je fais en sorte d'arriver place des Quinconces pour le début du défilé. J'arrive pile à l'heure. Je ne suis pas passionné par

le monde militaire, mais j'aime bien ces défilés. Je trouve que c'est un joli spectacle. Je suis particulièrement impressionné par les sauts en parachute. Les dix soldats tombent à quelques mètres les uns des autres, une belle précision. Je repasse à la coloc grignoter un morceau avant de voir le feu d'artifice sur la Garonne. Je propose aux colocs et à Sarah de venir, mais tout le monde n'a pas la même passion pour les feux d'artifice que moi.
Alors j'y vais seul :

Le ciel s'assombrit
C'est désormais la nuit
En manque de lumière
On regarde les lampadaires
Même eux sont éteints
C'est un si sombre destin
Mais voici de drôles de pétards
Qu'on entend avec l'espoir
De voir un beau spectacle
Et d'oublier nos obstacles
Des explosions de couleurs
Et des onomatopées en chœur
Des serpentins argentés
Tombent du ciel étoilé
Et sur le fleuve au fort débit
Apparaissent des figures encore plus jolies
De façon certes peu originale
Ça se finit en bouquet final
Cela est tellement beau
Bien plus que ces simples mots

Samedi 15 juillet

Le journal de Yoko :

Il est 14h59 quand je reçois un appel sur mon téléphone

portable. Je me souviens de l'heure exacte parce que j'avais mis une alarme pour 15h00 pour un rendez-vous, et que j'ai cru un instant que c'était elle qui se mettait en marche. Je ne connais pas le numéro qui m'appelle, comme toujours dans ce cas je ne réponds pas, si c'est important la personne laissera un message.

Je reçois la notification d'un message deux minutes plus tard, je l'écoute : « Bonjour, ici les urgences de l'hôpital Pellegrin, nous avons trouvé votre numéro dans le téléphone portable de Lucas Chanceux. Pouvez-vous nous rappeler à ce numéro s'il vous plaît ? »

Les urgences ? Quoi les urgences ? Dans un premier temps je ne comprends pas le message qui se transforme en quelques secondes en terrible inquiétude. Je tente de rappeler le numéro, mais je n'y arrive pas, je tremble trop, j'attends quelques secondes en respirant fortement, puis appelle avec succès cette fois. « Bonjour madame, merci d'avoir rappelé aussi vite. Nous avons trouvé votre numéro dans le portable de Lucas Chanceux, nous ne savions pas qui prévenir. Vous êtes une amie ? De la famille ? » Je réponds colocataire par réflexe, mon cerveau s'est mis en mode automatique, il s'occupe de tout pour moi. La standardiste continue « Lucas Chanceux a été amené ici par le SAMU suite à l'appel d'un passant dans la rue, il a fait un malaise et il est dans le coma depuis son arrivée. Nous sommes en train de faire des analyses. Devons-nous prévenir une autre personne ?... Allô ? Allô ? Madame ? Vous êtes là ? »

« Euh... Oui... Je suis là... », je réponds sans vraiment comprendre la situation.

La standardiste répète la question « Devons-nous prévenir une autre personne ? ».

« Non, je m'en occupe... Est-ce que je peux venir le voir ? »

« Pas pour l'instant, mais vous pouvez voir un médecin si vous avez des questions ».

« D'accord, merci ». Je raccroche sans préavis, j'entends

la voix de la standardiste au moment d'appuyer sur le bouton, tant pis trop tard.

Je reste de longues minutes à ne rien faire, j'attends le retour de Jamel et Victoria, pas le courage de les appeler.

Ils arrivent quasi en même temps, cela m'évite de répéter deux fois la même chose. Jamel et Victoria prennent la décision d'aller à l'hôpital, je me laisse guider. Nous allons directement aux urgences, mais depuis il a été déplacé dans un autre service. Nous trouvons finalement notre chemin dans ce labyrinthe à l'odeur si particulière. Nous trouvons une infirmière qui nous explique la situation. Il a fait un malaise dans la rue, puis est tombé dans le coma. Généralement les causes sont cardiaques ou cérébrales, pour l'instant les analyses n'ont pas permis de trouver l'origine du malaise. Son état est sérieux, mais on peut être optimiste en raison de son âge.

Je demande le portable de Lucas pour pouvoir répondre à sa place et prévenir tout le monde, on me répond que ce n'est pas possible, qu'ils n'ont pas le droit de le donner. Je comprends parfaitement, je n'aimerais pas qu'on donne mon portable à n'importe qui.

Je demande tout de même si je peux récupérer quelques numéros dans ses contacts, l'infirmière fait la moue, part et revient quelques secondes plus tard. Elle me fait comprendre d'aller vite, car cela aussi est interdit.

Elle me tend le téléphone, et pendant qu'elle parle avec Victoria et Jamel, je note quelques numéros. Un SMS de Sarah arrive à ce moment-là, jolie coïncidence. Il est très long, je prends le temps de le lire, sans curiosité, de façon machinale « Lucas, je ne t'ai jamais trompé, par contre je sais que toi tu m'as trompé, et que tu continues. J'ai dit cela pour t'obliger à me dire la vérité, ainsi égaux face à cette erreur nous aurions pu prendre un nouveau départ. Au lieu de cela tu as préféré continuer à me mentir, je t'ai laissé quelques jours, mais trop c'est trop. Je te quitte et je quitte Bordeaux. Ne cherche pas à me joindre, c'est trop tard, je ne répondrai pas ». L'infirmière me demande si j'ai fini, je lui tends le téléphone, en silence. Victoria et Jamel me demandent si je vais bien. Je réponds oui, sans conviction. Nous quittons l'infirmière en la remerciant, elle nous promet de nous appeler régulièrement pour donner des informations.

Nous passons la soirée tous les trois, avec une bonne humeur qui pourrait paraître de mauvais goût, mais qui est celle en fait d'un respect de la vie et la nécessité de garder le moral, pour lui.

Dimanche 16 juillet

Le journal de Yoko :

Je n'ai pas beaucoup dormi cette nuit, je suis très inquiète, je vérifie toutes les cinq minutes mon téléphone, je ne veux pas rater un éventuel appel de l'hôpital. Pour décompresser j'écris depuis hier ce journal, poser des mots et mes pensées sur un papier me fait du bien.

Je passe le matin à la librairie prévenir Monsieur Dumoulin, je n'ai pas le temps de dire quoi que ce soit, il s'énerve car aucun de ses deux salariés ne sont présents. Il m'explique que seule Sarah a prévenu par un laconique SMS « Je quitte Bordeaux. Merci pour tout. Au revoir ». Elle n'a pas répondu à ses messages et appels. Il considère légitime d'avoir plus d'explications. Je fais comme si je découvrais son départ, je ne suis pas sensée savoir. Monsieur Dumoulin se calme petit à petit, ce qui me permet de lui expliquer ce qui est arrivé à Lucas. Il a des remords de s'être énervé ainsi, il s'excuse auprès de moi. Il prend la décision de fermer la boutique aujourd'hui. Il me propose de boire un café ensemble, j'accepte. Nous avons besoin de parler tous les deux, alors nous parlons et nous tâchons d'être une oreille la

131

plus attentive possible, même si nous avons du mal à nous concentrer.
Lorsque je rentre à la coloc, Jamel et Victoria m'attendent. On a vraiment besoin de passer du temps ensemble. Nous jouons à l'illusion que la vie continue, puisque c'est le cas, mais elle est tout de même en suspens. L'attente est terrible. Et si Lucas reste dans le coma pendant vingt ans ? Pendant trente ans ? Cette possibilité me glace le dos.

Lundi 17 juillet

Le journal de Yoko :

Un jour de plus sans lui. Je ne sais pas pourquoi, je repense d'un coup à Sarah. Pour être honnête ça me rassure qu'elle soit partie, je vais pouvoir m'occuper de mon Lucas dès qu'il sera de retour. Je n'ai rien contre elle, mais elle était un obstacle à notre bonheur, je le sais maintenant. Cet obstacle à disparu en même temps qu'un nouveau est apparu, le coma. C'est une étrange coïncidence. Je peux passer des heures à regarder mon téléphone portable, à attendre un appel de l'hôpital. C'est insupportable.

Mardi 18 juillet

Le journal de Yoko

J'appelle l'hôpital à la première heure, on m'explique qu' il est toujours dans le coma. Les tests complémentaires n'ont pas montré de soucis cardiaques ou cérébraux, les médecins sont donc confiants même s'ils n'ont pas d'explications sur les raisons du coma.
Je raccroche, pas vraiment rassurée, mais je suis obligée de faire confiance.

Mercredi 19 juillet

Le journal de Yoko :

Pendant ce temps, la vie continue, j'essaye de me concentrer avec un succès relatif sur mon travail, la traduction en français d'un mauvais roman japonais. C'est l'histoire d'une jeune fille qui rencontre un garçon dans un bar à Tokyo, forcément ils tombent réciproquement amoureux, tout est génial jusqu'au jour où elle découvre que c'est un agent secret de la Corée du Nord. Comme elle en sait trop, il la drogue pour l'amener de force dans son pays. Quand elle reprend ses esprits, elle ne lui en veut pas, elle l'aime « ici comme là-bas ». Quand il est fusillé pour atteinte au respect du Grand Leader Kim Jong-Un, elle se retrouve seule dans une dictature loin de chez elle.
Je me demande qui va lire ça en France. Peut-être Lucas... Ça le ferait sûrement rire ce genre de débilité. Je lui offrirai le bouquin dès sa sortie !

Jeudi 20 juillet

Le journal de Yoko :

Le téléphone sonne en début d'après-midi, c'est l'hôpital ! Lucas s'est réveillé ! Il va bien ! Ils vont le garder en observation au moins jusqu'à dimanche et nous pourrons aller le voir à partir de demain.
J'appelle Jamel et Victoria pour les prévenir et je passe à la librairie pour annoncer la bonne nouvelle à Monsieur Dumoulin.

Le journal de Lucas :

Je me réveille avec une énorme gueule de bois, je n'ai pas souvenir d'avoir beaucoup bu hier pourtant. Il me faut

133

quelques secondes pour m'apercevoir que je ne suis pas dans mon lit, et quelques secondes supplémentaires pour comprendre que je suis à l'hôpital. L'arrivée d'un infirmier dans ma chambre me confirme cela. Il me sourit, me parle mais je ne comprends rien. Il doit s'en rendre compte, ensuite il me parle plus lentement. Il m'explique que j'ai fait un malaise et que je suis resté six jours dans le coma. Il me demande si j'ai mal quelque part, je réponds que je n'ai mal nulle part mais que je suis très fatigué. Il me répond que je verrai un médecin tout à l'heure et précise quelques secondes plus tard que mon état est rassurant. Je pourrai avoir des visites à partir de demain, en attendant je dois me reposer.

Un peu plus tard, je m'étonne auprès de lui de m'être réveillé sans respirateur ni perfusion. Il m'explique que mon cas est plus qu'exceptionnel, quasi inexplicable, mon réveil a été précédé d'une simple phase de sommeil qui ne justifiait plus l'assistance respiratoire et la perfusion.

Le médecin me confirme tout cela : aucune explication sur les raisons du coma, je suis dit-il « un cas unique, exceptionnel… » Il m'explique que je ferai sûrement l'objet de pleins d'articles dans la presse spécialisée et professionnelle. Sans doute mon quart d'heure de célébrité warholien. On ne choisit pas ses lauriers…

Vendredi 21 juillet

Le journal de Lucas :

Mes colocs adorés viennent me voir dès que c'est possible, je suis content de les voir. En voyant Yoko je me rappelle que nous sommes désormais un peu plus que des colocs. C'est bizarre j'avais oublié Sarah ! Je n'ai pas de nouvelles de Sarah ! Je demande aux colocs si elle a été prévenue, Yoko me répond que oui, elle viendra plus tard. Malheureusement ils doivent vite partir, et moi je m'ennuie dans ma chambre d'hôpital. Rien à faire ici, je

134

n'ai même pas le droit de récupérer mon portable.

Le journal de Yoko :

Quel bonheur de voir Lucas ! Il a l'air plutôt en forme. Je n'ai pas osé lui dire pour Sarah, c'est vraiment trop tôt, alors j'ai menti. L'hôpital va lui rendre son portable demain (délai pour raison médicale).
Ça pourrait être bien que je lui en parle avant qu'il lise le message.

Samedi 22 juillet

Le journal de Lucas :

Yoko vient me voir très tôt ce matin, seule. Ça me fait plaisir de passer du temps avec elle. Mais je la trouve bizarre. Je la connais bien, quand elle est comme ça elle a quelque chose à me dire. Je crève directement l'abcès, j'ai passé six jours à dormir, je n'ai plus de temps à perdre : « toi, tu as quelque chose à me dire, vas-y je t'écoute ».
Après quelques secondes de silence, elle m'explique tout, le SMS de Sarah, qu'elle ne m'a jamais trompé, son départ de Bordeaux... Je suis complètement sonné. J'ai le cœur qui se serre très fort. Je demande à Yoko de me laisser seul, lorsqu'elle quitte la chambre, elle me manque déjà.
On me donne mon portable dans l'après-midi, je lis quelques messages sans importance reçus pendant mon coma et celui de Sarah. Malgré ses propos je lui réponds : « Nous devons nous voir, je ne pouvais te répondre avant, je suis à l'hôpital. Reviens. Je t'aime ». Aucune réponse en retour...

Le journal de Yoko :

Lucas est vraiment fort pour comprendre les gens, pour

analyser les situations. C'est sans doute pour ça qu'il est aussi gentil et charmant d'ailleurs. Je n'osais pas lui dire pour Sarah, mais il a bien vu que j'avais quelque chose à lui dire. Je crois que j'ai été un peu trop directe, c'était difficile à entendre pour lui. Je veux qu'il sache que je serai toujours là pour lui.

Dimanche 23 juillet

Le journal de Lucas :

J'ai la visite de Monsieur Dumoulin et de Papy René ! En voilà une belle surprise. Le premier semble triste et fatigué alors que le deuxième fait le pitre sans arrêt.

Monsieur Dumoulin esquive pas mal de mes questions, mais j'arrive tout de même à savoir que Sarah ne lui répond pas non plus et qu'il a embauché des intérimaires pour nous remplacer.

Papy René enchaîne les mauvaises blagues « puisque tu es alité, est-ce qu'on doit t'appeler Johnny », « Est-ce que les Anglais disent "être dans la virgule au lieu d'être dans le coma ? " » ou encore il chante « Coma garçon j'ai les cheveux longs ».

Cette visite m'a fait très plaisir, je m'en suis rendu compte avec le vide de leurs départs. J'envoie un « Je t'aime » par SMS à Yoko qui me réconforte.

Le journal de Yoko :

Il m'a envoyé un SMS... un simple je t'aime... c'est beau la simplicité...

Lundi 24 juillet

Journal de Lucas :

Depuis mon réveil ils m'ont fait faire de nombreux tests

qui confirment que je suis un cas exceptionnel. Tout va bien et rien ne justifie que je reste ici plus longtemps. J'ai le droit tout de même à une longue liste de recommandations : faire le minimum d'efforts et de sorties, ne pas travailler (arrêt de travail au moins jusqu'au 31 août), pas d'alcool, une alimentation équilibrée, toujours avoir un téléphone près de moi, éviter les émotions trop fortes, consulter un médecin à la moindre fatigue, à la moindre douleur, etc...

Je rentre donc à la colocation en ambulance en fin de journée. Étrange sensation, comme si la dernière fois que j'étais ici c'était à la fois hier et il y a un an. Mes colocs adorés sont vraiment formidables, ils nous ont préparé un dîner de fête « remise en forme » pour mon retour : cocktails de fruits frais, salades en tous genres et desserts pas très « healthy », mais comme dit Victoria « il faut bien aussi se faire plaisir bordel ! » Je suis content de les retrouver, ils m'ont manqué.

Pendant la soirée Yoko m'explique qu'elle a écrit un journal pendant mon hospitalisation, elle m'a autorisé à le lire, ça m'a beaucoup touché. Vraiment. Et puisque je ne pouvais pas écrire, c'est bien que quelqu'un l'ait fait à ma place.

Journal de Yoko :

Lucas est de retour ce soir. Je suis tellement heureuse. Mon journal s'arrête ici, il a été un compagnon indispensable, désormais il me rappelle de mauvais souvenirs. Merci à toi cher journal, à jamais, j'espère.

Mardi 25 juillet

Comme un volcan endormi
Qui se réveille un peu engourdi
Mais recrache sa lave à l'infini
Je retrouve le goût de la vie

Et surtout l'appétit
Je mange même des salades de riz
C'est dire à quel point j'ai envie
La chance me sourit
Alors je dis oui

Mercredi 26 juillet

Coup de blues qui apparaît sans prévenir. Je crois que je viens seulement de me rendre compte que je ne reverrai jamais Sarah. Elle me manque. Et je l'aime. Même pas eu la possibilité de se parler, de s'expliquer. Et c'est fou qu'elle soit partie en même temps que mon coma. J'envoie un nouveau SMS, je ne reçois pas d'accusé de réception. J'essaye de l'appeler, un message m'informe que le numéro n'est pas attribué. Elle a changé de numéro... je ne la retrouverai jamais.
Je me rappelle alors de son frère Jules, ex Monsieur Gueule de Connard, il pourra me renseigner.
J'appellerai demain, pas envie aujourd'hui

Jeudi 27 juillet

Je me sens bien ce matin, j'ai envie d'appeler immédiatement mon Monsieur Gueule de Connard adoré mais il est beaucoup trop tôt. J'attends avec impatience une heure plus décente pour l'appeler.
Lorsque c'est enfin l'heure, c'est la désillusion, je n'ai pas les informations que j'espérais. Il a juste reçu comme nous un très court SMS « Je quitte Bordeaux, n'essaye pas de me contacter, au revoir ». Il est complètement désespéré. C'est si soudain, il ne comprend pas. Je lui explique rapidement ma situation et on se promet de se voir dans les tous prochains jours.

Vendredi 28 juillet

J'alterne de façon aléatoire et inexpliquée les moments de mélancolie, de joie, d'excitation et d'ennui tout au long de la journée. Toutefois j'arrive à bien dormir la nuit et je suis peu fatigué en journée ce qui est très rassurant d'après mon médecin.

Je sens toutefois qu'il me faudra du temps pour me remettre de tout ça. On n'est jamais préparé à de tels bouleversements.

Mes journées sont ponctuées de moments de douceur grâce à mes colocs. Ils sont adorables avec moi et font tout pour que je me sente bien. J'essaye de ne pas abuser de leur gentillesse, mais ça me fait tellement de bien... j'exagère souvent.

On a un peu de mal à retrouver nos marques avec Yoko. À moins que ça soit seulement moi...

Samedi 29 juillet

Aujourd'hui j'ai compté le nombre de pubs dans Le Figaro, le nombre de mots dans les articles de la première double page et le nombre de cases blanches et noires des mots croisés.

Bref, je retrouve mes vieux démons et je m'ennuie.

Dimanche 30 juillet

Pendant le brunch, je me rends compte à quel point mes colocs sont importants pour moi. J'ai alors une idée en repensant au journal de Yoko que je leur suggère immédiatement. Qu'ils écrivent à tour de rôle un texte de leurs choix que j'inclurai dans mon journal. Yoko et Jamel sont ravis, Victoria visiblement moins, mais elle n'ose pas refuser. Je suis très heureux, c'est important pour moi de leur donner la parole.

Lundi 31 juillet

Aujourd'hui j'ai compté le nombre de pubs dans Le Figaro (trois de plus que samedi), le nombre de mots dans les articles de la première double page (10% de plus que samedi) et le nombre de cases blanches et noires des mots croisés (identique à samedi)
Bref, je conserve mes vieux démons et je m'ennuie toujours.

Mardi 1er août

Je retrouve par hasard des articles concernant des faits divers : les peluches décapitées et le meurtre aux diverses croix sur le torse en Normandie. J'avais complètement oublié ces histoires... Je vérifie rapidement sur internet s'il y a eu des informations pendant « mon absence », visiblement non.

Je retrouve également des notes manuscrites que j'avais mises de côté concernant un étrange code « 25.S.19 ». Tout me revient immédiatement, le code retrouvé sur l'immeuble, à librairie, dans l'ascenseur... Cela me glace le sang. Et si le départ de Sarah et mon soudain problème de santé étaient liés ? Je préfère tout ranger rapidement, je ne suis pas prêt pour cela, trop inquiétant et angoissant.

Mercredi 2 août

À croire que les tarés de cette Terre attendent que je sois disponible pour se mettre en activité...

Un cas similaire au meurtre en Normandie a eu lieu, en Provence cette fois. Toujours le même mode opératoire : un type retrouvé torse nu sur la table de son salon. Seule différence, les inscriptions au stylo bille sur le torse ne sont pas des croix mais toutes les lettres de l'alphabet, isolées les unes des autres, dans tous les sens et de taille différente. Bien que terriblement lugubre, ceci pourrait faire une superbe collection d'œuvres d'art déclinable à l'infini. Mais forcément, ce serait mieux avec des types vivants et consentants...

Comme pour le premier meurtre, pas de trace de coups et pas d'indice particulier selon la police. Un point commun est recherché entre ces deux personnes distantes d'environ mille kilomètres.

Jeudi 3 août

Le texte de Victoria :

Lucas je t'aime bien mais là tu fais chier ! Est-ce que j'ai une gueule à jouer à La Marc Levy ou à La Edwy Plenel ? Eh bien non ! Putain et puis tu veux que je te raconte quoi ? Gnagnagna j'ai eu peur pour toi, gnagnagna je suis contente que tu ailles mieux ? Oui... Bon... Bien sûr c'est le cas. Mais bordel ça sert à quoi de t'écrire ça, tu le sais déjà ! Ou sinon je pourrais te raconter ma journée de merde de paperasserie en tout genre... Putain de pays à la con où tu passes plus de temps à remplir des formulaires inutiles qu'à faire ton travail. Fais chier quoi ! Bon... je suis trop énervée pour continuer là, promis je ferai mieux la prochaine fois. Bisous !

Vendredi 4 août

J'ouvre mon cœur
Pour vivre le bonheur
Je ferme les yeux
Pour voir un monde heureux
Je respire en silence
Pour faire venir l'espérance
Je croise les doigts
Pour espérer la joie

Samedi 5 août

Avec Jules, on se donne rendez-vous dans un bar du quartier Saint-Pierre en début d'après-midi. Je suis tellement en forme depuis quelques jours que je commande un demi en oubliant que ceci m'est plus que déconseillé. Je change alors ma commande pour un Perrier tranche... Tristesse...

Je suis ravi de passer ces quelques instants avec Jules. Nous parlons de tout et de rien, et finalement très peu de Sarah. C'est peut-être pas plus mal. Je lui rappelle qu'au départ je l'appelais « Monsieur Gueule de Connard », il avait oublié, ça l'amuse beaucoup. Il me parle du journal quotidien local qu'il crée « La Belle Réveillée » dont le premier numéro devrait paraître début septembre. Yoko ne m'en a pas parlé mais une rubrique sur Fukuoka, ville jumelée à Bordeaux est toujours d'actualité. On se découvre une passion commune pour les faits divers, bien qu'il suive cela désormais avec moins d'attention, la création du journal étant chronophage. Je fais alors un rapide résumé des affaires en cours. Il ne m'interrompt pas une seule fois. Je le sens passionné. Il me propose d'écrire régulièrement des petits billets sur ce sujet dans son journal. Je suis ravi, j'accepte immédiatement.

Dimanche 6 août

Les colocs sont toujours pleins d'attentions pour moi, c'est encore plus vrai pour notre brunch dominical. Ils préparent mes plats préférés, mettent mes playlists musicales et me laissent gagner plus ou moins discrètement aux différents jeux de société. Je les remercie mais je leur conseille de ne pas en faire trop, sinon je vais en profiter plus que de raison pendant des mois et des mois. Mais visiblement ma petite blague fait un flop... « Et puis je vais bien maintenant ».
Un petit coup de fatigue en milieu d'après-midi me fait mentir. Rien de grave cependant, après une sieste d'à peine une heure, je suis de nouveau en pleine forme. Prêt à reprendre les jeux de société !

Lundi 7 août

Un nouveau meurtre a eu lieu, à Nantes cette fois. Toujours un type torse nu retrouvé mort sur la table de

143

son salon. Seules les inscriptions au stylo bille sur le corps changent. Après les lettres... Les chiffres...

Je me demande avec une impatience qui me désole très rapidement, j'ai tellement honte, quels seront les prochains symboles...

Mardi 8 août

Malheureusement, je n'ai pas eu à attendre longtemps. Deux meurtres en deux jours...

À Poitiers, dans les conditions habituelles, avec pour symboles sur la peau des formes géométriques.

L'inquiétude gagne le pays, accentuée par l'emballement des réseaux sociaux et ses rumeurs les plus folles. Le ministre de l'Intérieur est obligé de faire une allocution télévisée en début de soirée. Les trois victimes sont des hommes célibataires, âgés de 20, 38 et 52 ans. Dans l'attente d'en savoir plus, le ministre demande à tout le monde, hommes et femmes, célibataires ou non, d'être vigilants, car il s'agit peut-être de simples coïncidences.

Mercredi 9 août

Marcher au hasard
Peu importe le phare
L'important c'est le départ

Pas besoin de plan
Toujours droit devant
Jusqu'au premier océan

Et une fois arrivé
Simplement respirer
L'air de la grande marée

Jeudi 10 août

Le texte de Jamel :

Hey mon pote ! Tu nous as fait peur ! Tellement heureux de te voir de nouveau en forme ! Bon... Je ne sais pas trop quoi écrire... Pas grand-chose de nouveau dans ma vie... Je vois toujours cinq des sept meufs dont je t'avais parlé. C'est un peu sport en terme de planning mais ça me va bien comme ça... De toute façon impossible pour moi de choisir. Certaines se plaignent qu'on se voit trop peu, elles vont s'autoéliminer les unes après les autres, la dernière sera la bonne ! En même temps je dis ça, j'ai tout de même une petite préférence pour Jessica, mais je ne pense pas qu'elle sera la mère de mes enfants.
Allez ! Je te laisse mec ! J'ai rendez-vous avec Cloé...

Vendredi 11 août

Plus les jours passent plus tout devient clair pour moi : j'aime Yoko.
J'aime aussi Sarah, je ne le cache pas, y compris à Yoko, mais puisque la situation a choisi pour moi...
D'ailleurs la compréhension de Yoko est tellement géniale. On a eu un peu de mal à retrouver nos marques tous les deux après mon séjour à l'hôpital, mais maintenant c'est encore mieux qu'avant.
Pour fêter cela je propose à Yoko « d'officialiser » notre couple à Victoria et Jamel. Le terme « officialiser » nous fait rire, il est tellement peu romantique. On se dit que dimanche ça sera parfait. Mine de rien ça nous stresse un peu, pire que la présentation aux parents.

Samedi 12 août

NRV, L A KC D E HT IR.
OQP A LV BB RV, L SPR, L A D ID.

Dimanche 13 août

C'est dimanche, c'est brunch et c'est le jour de l'annonce. Avec Yoko, on a réfléchi comment le dire de façon originale : un faux JT, une fausse une de Voici, un faux faire-part... Que de fausses bonnes idées ! On a finalement opté pour ne rien dire mais ne plus se cacher. Sans rien dire et sans rien faire on s'est fait calculer par Victoria à peine cinq minutes après s'être installés pour déjeuner. Et quand elle comprend, ça s'entend « Ohhhhhhhhhh ! Mais c'est pas vraiiiiiii ! Ohhhhhhhhhh ! Mais !!! Racontez ! »
Pendant ce temps Jamel ne comprend rien, c'est bien normal, et passe son regard alternativement sur nous trois très rapidement.
Pour l'aider, j'annonce clairement « oui, nous sommes ensemble ». Ceci déclenche un très beau sourire sur le visage de Yoko, une excitation de joie chez Victoria et un regard interrogatif pour Jamel. On raconte avec pas mal de détails toute l'histoire, en omettant ce qui nous arrange. Victoria semble passionnée comme devant une mauvaise comédie romantique, je ne la connaissais pas aussi fleur bleue, alors que Jamel reste attentif, sans réaction particulière.
Comme pour briser un long et lourd silence une fois l'histoire terminée, il se lève et hurle « Champagne ! » puis se reprend en me regardant « Euh ? Tu as le droit maintenant ? »

Lundi 14 août

Mine de rien, mine de crayon
L'air de rien, l'air d'un con
Perdre d'un rien, perdre ses clés
Sert à rien, cerf cerf ouvre moi

Mardi 15 août

Un jour férié quand on est en arrêt maladie ça ne sert à rien... Mais j'ai tout de même le plaisir d'être avec les copains. Déjà un mois que j'ai eu mon « petit » souci de santé. Un lendemain de jour férié d'ailleurs. C'est bizarre, ça me parait à la fois loin et proche. Je me sens désormais bien, mais il s'est passé trop de choses que je n'ai pas pu maîtriser. C'est frustrant. Comme si tout était décidé pour moi par d'obscurs éléments extérieurs, y compris dans mon sommeil. Surtout dans mon sommeil...

Mais je ne me plains de rien, je suis désormais en bonne santé, j'aime Yoko, Jamel et Victoria sont formidables. Il me faut juste du temps pour prendre note de tous ces changements.

Mercredi 16 août

Grenoble et des prénoms. Voici « les éléments variables » comme disent les médias désormais du dernier meurtre en date. Les « éléments invariables » sont toujours là : un homme torse nu sur la table du salon tatoué au stylo à bille noir.

La police communique sur de premiers éléments de l'enquête : il pourrait s'agir d'un rituel sectaire.

Quelle est cette secte ? Le mystère reste entier. Les victimes ne semblent pas avoir de lien entre elles et rien n'indique qu'elles sont membres de la secte.

Jeudi 17 août

Le texte de Yoko :

Mon petit Lucky, après cette terrible parenthèse, la vie reprend son cours, et je n'ai jamais été aussi heureuse. Ces derniers mois j'ai envisagé plusieurs fois de retourner vivre au Japon, le mal du pays, l'envie de

147

retrouver mes origines... Je me suis laissé du temps après notre retour du Japon, mais je crois que sans me l'avouer ma décision était prise : un retour au Japon avant la fin de l'année. Maintenant je sais que ma vie est ici, avec toi. Je t'aime mon petit Lucky.

Vendredi 18 août

Pour la première fois depuis mon arrêt maladie mon travail me manque. Je décide alors d'aller à la librairie, retrouver l'odeur du papier glacé des beaux livres de peinture et de l'encre sèche des livres de poche, mais surtout de retrouver cette agitation feutrée si particulière. Lorsque je rentre dans la boutique, je ne retrouve pas les sensations d'antan. Je vois en premier les intérimaires qui nous remplacent. Oui, nous. Sarah et moi. Monsieur Dumoulin me sort de la mélancolie en marchant dans ma direction « Ah ! Lucas ! ». Je me demande pourquoi je suis venu, pas envie de discuter, pas envie de sociabiliser avec les intérimaires. Je joue le jeu un minimum et quitte la librairie dès que possible en prétextant un rendez-vous. Je marche en direction des quais et une fois arrivée je m'allonge dans l'herbe sous le puissant soleil du mois d'août. Je ferme les yeux. Je respire. Je me sens bien.

Samedi 19 août

Je trouve dans un tiroir de ma chambre un livre de poche que m'avait prêté Sarah. Un roman italien dont la traduction française est restée inconnue pour beaucoup, contrairement à la version originale qui a été un succès populaire. Ce livre fait, faisait, parti de mon interminable liste de lecture. Je feuillette l'ouvrage, une inscription manuscrite me surprend. D'autant que je reconnais l'écriture de Sarah et qu'il est seulement écrit « 25.S.19 ». Est-ce que c'est Sarah qui a mis ce code un peu partout ? Possible. Mais pourquoi aurait-elle fait ça ?

Dimanche 20 août

À midi, un déjeuner sur l'herbe comme le tableau d'Édouard Manet. Une différence tout de même, malgré la chaleur estivale tout le monde est habillé. Pour s'amuser, on prend une photo dans les mêmes positions que le tableau. Jamel conclut ce joli moment : « Ça c'est fait, maintenant on passe à l'origine du monde ! »

Lundi 21 août

Un jour j'ai pris le bus
J'étais chaud comme un cumulus
Fort comme un phallus
Je ne voulais plus être un minus
Ou pire, être traité comme les détritus

Mardi 22 août

La police a énormément avancé sur l'enquête et confirme qu'il s'agit bien d'une secte. D'étranges discussions sur internet ont permis d'obtenir rapidement de nombreuses informations. C'est un groupe qui s'appelle « Les enfants de Théos ». Le gourou, sobrement nommé Grand Maître, a réussi à largement diffuser ses croyances ces derniers mois : Théos est le créateur du monde, il a créé de nombreuses planètes mais seulement deux avec des êtres vivants, la Terre et Xifone. Les enfants de Théos espèrent rentrer en contact avec les habitants de la planète Xifone. En effet, selon eux cette rencontre permettra la paix éternelle sur les deux planètes.

Le Grand Maître, Luc Acard dans le civil, a expliqué les raisons de ces meurtres : « Il ne s'agit pas de meurtres, mais d'offrandes aux habitants de la planète Xifon. Les inscriptions au stylo sont des informations et connaissances que nous souhaitons partager avec eux. » Il a également expliqué à la police que les hommes offerts

ne sont pas membres de la communauté, ils sont choisis au hasard : « Les membres sont nécessaires pour d'autres activités. »
La police a demandé pourquoi uniquement des hommes, il a répondu ceci « le rôle de celles qui donnent la vie est évident ».
Pas du tout flippante cette communauté...

Mercredi 23 août

Aujourd'hui j'ai mangé du pain et du fromage. Oui je sais, ça sonne comme une mauvaise vanne de collégiens. Mais je n'ai pas fait grand-chose d'autre aujourd'hui...

Jeudi 24 août

Le texte de Victoria :

Déjà à mon tour d'écrire un texte... Oh là là... Bon ok, j'arrête de me plaindre. Mais je ne sais toujours pas quoi écrire alors faudra se contenter de ça pour cette semaine. Nah !

Vendredi 25 août

Rendez-vous chez le médecin, contrôle de routine. Et tout va bien ! Je vais pouvoir reprendre le travail dès vendredi prochain! Je dois juste faire une fois par an quelques tests, histoire de se rassurer, ce qui s'est passé n'étant pas anodin.

Samedi 26 août

Je me promène dans la rue, et je suis des gens, au hasard, comme ça, pour rien. Quelques secondes, quelques minutes, ou plus rarement quelques heures. Oui c'est déjà arrivé quelques heures. À la fois journaliste, ange gardien et simple curieux, je regarde discrètement la moindre action, j'écoute les moindres propos. Et je rentre chez moi, satisfait d'avoir été curieux des autres, à distance, dans le respect.

Dimanche 27 août

Un brunch ?
Est-ce que ça te branche ?
Une balade en forêt ?
Est-ce que ça te branche ?
Des lunettes ?
Est-ce que ça te branche ?
Débranche !

Lundi 28 août

De l'air frais derrière la porte
De la terre sous les chaussures
Du feu dans la cheminée
De l'eau dans la cafetière

Quatre éléments
La vie, tout simplement

Mardi 29 août

Malgré l'arrestation du Grand Maître de la secte et de quelques acolytes, un meurtre a eu lieu à Perpignan. Cette fois les inscriptions sur le torse sont des symboles monétaires (€ ¥ $ £) et contrairement à d'habitude l'homme n'a pas été retrouvé sur le table du salon mais dans son lit. Quelle est la raison de ce changement ? Est-ce volontaire ? L'enquête continue. La police précise qu'il faudra du temps pour arrêter l'ensemble du groupe, et qu'il est important de continuer à être prudent.

Mercredi 30 août

En marchant dans la rue j'ai vu Sarah au loin, sans réfléchir j'ai couru vers elle. Mais à quelques mètres j'ai dû me rendre à l'évidence... Ce n'était pas elle. Elle ne lui ressemblait pas tant que ça en plus.

Jeudi 31 août

Le texte de Jamel :

Tellement de changement en quelques jours ! Trois des cinq filles ont voulu qu'on arrête. Il reste donc Jessica (yeah !) et Mélanie. Qui va gagner ce « bachelor de la vie réelle » ? Mystère et suite dans le prochain épisode !
Ah ! Ah !
À part ça rien de nouveau, j'ai désormais beaucoup plus de temps libre et nettement moins de soucis d'organisation. C'est tellement plus agréable !

Vendredi 1er septembre

C'est la rentrée... pour les professeurs... et pour moi ! Me voilà prêt à reprendre une vie normale. Je suis un peu stressé avant d'aller à la librairie mais je me détends rapidement une fois sur place. Les sensations négatives de ma dernière visite sont désormais loin. Je retrouve très rapidement mes marques. Je fais la connaissance de Sophie et Hugo, les intérimaires remplaçants qui viennent de signer un CDI ici. Sophie remplace Sarah alors que Hugo s'occupera de nouvelles activités : livraison à domicile et vente à distance depuis le site internet. J'explique toute la journée aux habitués de la librairie ce qui m'est arrivé, même s'ils savent déjà tout... J'en ai rapidement marre de répéter la même chose en boucle et ça sera sûrement ainsi pendant de nombreux jours. Malgré tout je suis content de reprendre le travail, et je suis satisfait de cette première journée

Samedi 2 septembre

La France sous le choc... Dix meurtres simultanés aux quatre coins du pays. Cette secte semble plus puissante qu'on ne l'imaginait, et l'arrestation du gourou n'a pas arrêté ses actions, bien au contraire.
Les membres de cette secte, qualifiés ainsi par les médias alors que « meurtriers » me semble un terme plus adapté à la situation, ne manquent pas d'imagination pour les tatouages au stylo bille : symboles des éléments chimiques, « bonjour » écrit dans diverses langues, logos de marques françaises, symboles mathématiques, fleurs, monuments mondiaux (Tour Eiffel, Statue de la Liberté, Opéra de Sidney...), animaux, définitions de mots commençant par « A », drapeau et prénoms.
Le ministre de l'Intérieur fait une conférence de presse, il peine à cacher son inquiétude pour les prochaines semaines. J'apprends que l'un des meurtres a eu lieu à

Bordeaux à trois rues de la colocation. Je préviens Jamel pour qu'il soit prudent, le danger peut être très proche.

Dimanche 3 septembre

Nous avions prévu un pique-nique pour notre traditionnel déjeuner du dimanche, mais la pluie s'est invitée au programme dès le petit matin. Nous ne nous laissons pas abattre ! Nous voyons en regardant la météo qu'il fait beau dans les Landes... Nous louons une voiture, et hop, une heure trente après nous y sommes ! Un grand soleil dans le ciel landais ! Visiblement c'est désormais le cas également à Bordeaux mais peu importe, c'est même très bien ce petit déplacement à la campagne. Nous trouvons un très charmant « spot » au calme. Parfait pour une petite sieste post-repas dans l'herbe !

Lundi 4 septembre

Mélancolie, mêlants courriers
La boîte aux lettres attend qu'on la relève
Même si elle est bien au pied du mur
Elle se doit désormais d'agir
Pour séduire les hommes à la clé
Elle aimerait plus de visites
Le facteur est charmant
Le propriétaire tout autant
Mais quelques secondes par jour
C'est beaucoup trop court comme amour

Mardi 5 septembre

Je ne m'y attendais pas, je croyais que cela était une histoire ancienne. Un énorme «25.S.19 » sur le bitume en face de l'immeuble. Sur le trottoir juste en face une feuille rouge pliée en 4, je la prends et je la lis : « 25.S.19 : 25 septembre 19h00... Le compte à rebours a commencé... »

Comme un goût amer de déjà vu, et surtout d'incompréhension. Je m'étais persuadé que c'était Sarah qui était à l'origine de cela, et que c'était désormais une affaire classée. Je replie la feuille, la mets dans mon sac, et essaye de ne plus y penser sur le chemin du travail. Mais ça mouline dans la tête, encore et encore. J'y pense toute la journée, encore et encore.

Mercredi 6 septembre

Papy René passe dire bonjour à la libraire, et c'est le seul qui arrive à me décrocher un sourire aujourd'hui. Il me fait un résumé des meurtres de la secte, il ne m'apprend rien mais il m'amuse énormément malgré le sujet dramatique. Assez vite je me rends compte que ses propos sont plus que limites, mais le ton mi-blasé mi-énervé m'amuse beaucoup. Et j'ai vraiment besoin de sourire.

« Non mais franchement, ils sont tarés les gens... C'est que des mecs qui sont tués en plus ! Ça, c'est encore un coup des bonnes femmes ! On a bien voulu leur donner des droits... Et bien voilà ! On n'aurait pas dû... Même le gourou, je suis sûr qu'il s'est fait monter le bourrichon sur l'oreiller par une belle... Et puis c'est bizarre ces inscriptions au stylo bille. Non vraiment les gens sont tarés... »

Jeudi 7 septembre

Le texte de Yoko :

Mon petit Lucky, je lis sur ton visage une inquiétude depuis quelques jours. Tu sembles ne pas vouloir en parler, je respecte cela, mais sache que je serai toujours là pour toi. Je suis prête à tout entendre.
J'ai une surprise pour toi : j'ai réservé pour nous deux une chambre d'hôte au Pays basque. Un petit week-end

155

de détente en amoureux, oui ce week-end, qui je l'espère te fera plaisir. Je garde le reste du programme secret... N'essaye pas de me cuisiner, tu ne sauras rien !
Bises mon amour.

Vendredi 8 septembre

Depuis hier je me sens plus léger, l'inquiétude a laissé sa place à un sentiment bien plus positif : l'impatience. J'ai hâte de passer le week-end avec Yoko, une parenthèse de respiration.

Samedi 9 septembre

Et c'est parti pour le week-end en amoureux ! Pendant le trajet j'essaye d'obtenir des détails sur le programme, mais elle est plus forte que Jean Moulin ! Je ne réussis pas à avoir la moindre information, même quand je la menace de vider ma bouteille d'eau dans son sac à main. Bouchon ouvert au-dessus du sac, je penche la bouteille degré par degré, tout doucement. Aucune réaction de Yoko. La sérénité asiatique par excellence.
Je découvre alors le programme au fur et à mesure : balade à Saint-Jean-de-Luz, petit restaurant traditionnel, soirée au casino de Biarritz et jolie chambre d'hôte à la campagne. Même s'il faut bien avouer que je ne prends pas vraiment le temps de regarder la déco de la chambre d'hôte...

Dimanche 10 septembre

On passe de l'autre côté de la frontière pour aller à Saint-Sébastien. C'est bête, ça me fait toujours quelque chose de traverser ces lignes imaginaires, encore plus quand il n'y a pas de douane. On passe dans un autre monde sans aucun rituel ou autre cérémonial. C'est pourtant un petit pas pour l'homme mais un bond de géant vers une autre culture. Rien que la sonorité de la langue change totalement l'ambiance.

Pour marquer le coup, je joue au douanier espagnol «¡ Papeles por favor ! ¿ Tiene algo que... euh... declarar ?» Éclat de rire au passage de la frontière ! Ça c'est du cérémonial ! C'est même très beau !

Nous poursuivons donc la journée à « Donostia » : balade, pintxos, cidre, churros chocolat chaud... Encore mieux qu'un programme, ce sont les ingrédients du bonheur, et ceci avec la femme que j'aime.

Lundi 11 septembre

Des avions dans des tours
C'est la paix qui fait des détours
Des jumelles qui tombent
C'est voir de près les bombes
Une épaisse poussière
Pour effacer les erreurs d'hier
Un nouveau siècle d'espoir
Moi je veux encore y croire

Mardi 12 septembre

Ça doit être dur d'être un 12 septembre... Tous les moins jeunes d'entre nous se souviennent de ce qu'ils faisaient le 11 septembre 2001. Personne ne se souvient de ce qu'il faisait un 12 septembre. Ça doit être triste d'être moins considéré que son prédécesseur.

Mercredi 13 septembre

Les médias diffusent dans la soirée une lettre écrite par le gourou et transmise par son avocat :

«Françaises, Français, j'ai besoin de vous. J'ai été injustement arrêté alors que je combats pour le bien-être de tous. Ce bien-être passe par des dons, symboles de notre humilité et du partage de nos connaissances. Nous avons terminé la première session par dix magnifiques dons simultanés, afin de rendre le message plus fort et nous espérons rapidement une réponse de la planète Xifone. La paix éternelle sera alors une réalité. Je remercie les hommes qui les ont permis et je m'engage à créer dans notre futur lieu de vie communautaire, un monument en leur mémoire. Sans le savoir, ces hommes ont fait avancer l'humanité. Nous devons les remercier à la hauteur du sacrifice. J'ai besoin de vous, pour respecter cet engagement et continuer l'action que nous avons collectivement commencée. Pour cela, je vous demande de demander par courrier au Président de la République ma libération immédiate et l'annulation du procès prévu. Ensemble nous ferons un monde meilleur ! Un monde de paix ! »

Jeudi 14 septembre

Le texte de Victoria :

Putain... Je ne sais toujours pas quoi écrire... Et puis je n'ai pas envie... Mais je t'aime bien quand même hein...

Vendredi 15 septembre

Départ de gâteaux pour une livraison
Départ de gâteaux entiers et non découpés
Quel comble !

Samedi 16 septembre

Grâce à Yoko j'avais, un peu, oublié cette histoire de code... Mais l'angoisse me revient comme un boomerang en regardant un calendrier. Le 25 septembre c'est à la fois bientôt et loin... C'est terrible d'attendre comme ça.

Dimanche 17 septembre

On profite tous les quatre de l'été indien sur la plage à Lacanau. Mon inquiétude, pour ne pas dire mon angoisse, est toujours très présente, mais j'essaye de ne pas la montrer. Cet effort est plutôt efficace car j'arrive à me convaincre moi-même que tout va bien. Je passe même un excellent moment, comme seuls la simplicité et le partage le permettent.

Lundi 18 septembre

Qu'importe le prix
De t'aimer pour la vie
Pour moi tu es cher
Comme au restaurant un dessert
Je n'attendrais pas une promotion
Pour t'amener à la maison
Laisse-moi scanner ton code-barres
Si tu ne veux pas réponds "au revoir"

Mardi 19 septembre

En raison du caractère dangereux et médiatique de l'affaire, la justice a organisé très rapidement le procès du gourou. Il commence aujourd'hui et doit durer trois jours, mais faute de témoins, et surtout comme il refuse de répondre aux questions, il a lieu sur une seule journée.
« Grand Maître » a répété en boucle, quelle que soit la question posée : « Ce sont des sacrifices pour le bien de l'humanité, je n'ai pas d'autres réponses à apporter. »
Le délibéré est donc annoncé dès la fin de la première journée et sans surprise il est condamné à perpétuité pour les différents meurtres effectués en bande organisée.
Une bonne chose de faite.
Il reste toutefois à connaître la composition de la bande...

Mercredi 20 septembre

Ce soir c'est fête pour l'anniversaire de Victoria ! On a voulu faire plus original que la simple soirée à la maison, alors on lui proposé un truc qui bouge un peu : un laser game.

Nous avons joué individuellement et sans surprise elle nous a laminés, mais on a fait genre que la victoire fait partie du cadeau. Personne n'est dupe mais la mauvaise foi nous amuse tous, même Victoria. Et puis Victoria qui obtient une victoire, quoi de plus logique...

Pour l'occasion nous buvons une coupe champagne avant de rentrer. Joyeux anniversaire Victoria !

Jeudi 21 septembre

Le texte de Jamel :

Dès le début j'ai eu un coup de coeur pour Jessica, je ne m'étais pas trompé. Plus les jours passent plus je l'aime. Alors j'ai pris les devants : j'ai quitté Mélanie et j'ai demandé Jessica en mariage de Las Vegas (oui dans cet ordre là, je sais vivre dangereusement, et oui en mariage de Las Vegas avec un faux Elvis, voyage prévu pour le printemps 2019 !)

Nous avons fait une cérémonie de fiançailles à la hauteur de l'événement : le temps d'un aller-retour à Paris, nous avons demandé bénédiction à une fausse Sylvie Vartan de chez Michou. Nous avons tellement ri !

Vendredi 22 septembre

Et voici l'automne
La saison qui déconne
Elle ouvre la porte à l'hiver
Et ses froids courants d'air
Hier encore c'était l'été

En une journée tout a changé
Les feuilles sont déjà rouges
Le monde très vite bouge
En attendant le prochain printemps
Je me laisse caresser par le vent

Samedi 23 septembre

Et si on trouvait des traductions aux mots franglais ?

Un sandwich : un garnipain
Un shampoing : un capillolaveur
Un camping : un tentotel
Un corner : un cornaire
Un drive-in : un cerovolant
Un piercing : un percelapeau
Un parking : une statioplace
Un planning : un pangramme
Un replay : une relèque
Un self-service : un certoimême
Un short : un gambacourt ou un gambalair
Le week-end : le vensadi
Le football : Le balopied
Le handball : le balomain
Le basket : le balopanier
Le rugby : le baloval
Le volley : le balofilet
Un baby-foot : un balotable

Dimanche 24 septembre

Jeu idiot du dimanche après-midi... lancer deux dés puis
additionner les points :

Si chiffres pairs : passez votre tour
Si chiffres impairs : tournez sur vous-même le nombre de
fois correspondant aux dés puis essayez de marcher droit

sur cinq mètres.
Oui, c'est un jeu idiot... J'avais prévenu...

Lundi 25 septembre

Enfin (ou déjà...) le 25 septembre. Il faut désormais attendre 19h. C'est long, très très long. Je ne sais même pas où je suis sensé être à cette heure-là. Je reçois finalement dans l'après-midi un message vocal anonyme « Rendez-vous à 19h Place Amédée-Larrieu à côté de la fontaine ».
Drôle d'endroit pour un rendez-vous, je ne sais même pas où elle est cette place ! Après cette interminable journée de travail, où j'ai été tellement désagréable, pardon clients, pardon collègues, j'arrive un peu en avance sur la place, je suis rarement passé ici, c'est joli cette fontaine et le bâtiment derrière. Enfin 19h, un type avance dans ma direction en jouant de la guitare, il s'arrête à quelques mètres de moi et commence à chanter :

« Ceci est une chanson pour toi
Pour toi pour toi pour toi
Pour toi mon Lucas
De la part de moi Sarah
Plus qu'une chanson
C'est une déclaration
Une déclaration d'amour
Une demande en mariage... »

Le chanteur s'arrête d'un coup, me regarde, et me demande avec un fort accent du Nord qu'il n'avait pas en chantant « Ah ben... Elle est où Sarah ? Elle était censée venir à ce moment-là... »
Il me fixe sans rien dire, avec un sourire béat de ravi de la crèche. Je ne réponds rien car je ne comprends rien. Après quelques secondes de silence je comprends que c'est à moi de gérer le truc... « Sarah ? Tu as vu Sarah

dernièrement ? » Il me répond alors comme si c'était logique «Oh ! Ben... Y a longtemps maintenant... Elle répond plus à mes messages, mais bon elle a tout payé... J'suis pas un escroc moi ... On me paye pour un boulot... Ben... Je fais le boulot... Et pis c'est tout... J'peux rentrer maintenant ? »

« Euh, oui... Non attends ! C'est toi aussi les tags et inscriptions ? »

« Ouais... j'voulais pas au départ mais c'était bien payé et c'est dur de vivre de son art... »

« OK, merci... Tu peux rentrer... »

Il part en jouant de la guitare, sans me dire au revoir. Si je comprends bien, elle a organisé une demande en mariage mais elle s'est enfuie entre temps.

Ça n'a pas de sens tout ça... Vraiment aucun sens...

Mardi 26 septembre

J'explique à Yoko ce qui s'est passé hier, elle m'écoute en silence et intervient seulement une fois que j'ai terminé de tout raconter. Elle me demande mon ressenti par rapport à cela, je lui réponds que je ne sais pas. Elle me répond alors : « Je ne suis pas la personne qui peut t'apporter une réponse objective, je peux juste te dire que si elle est partie, moi je serai toujours là »

Mercredi 27 septembre

Je pense à Sarah... Je pense à Sarah... Je pense à Sarah... Je pense à Sarah... Je pense à Sarah...

Jeudi 28 septembre

Le texte de Yoko :

Je sais que beaucoup de choses ont été compliquées pour toi ces derniers temps, j'espère que tout sera plus simple désormais. J'espère aussi que mon amour te rend la vie plus douce. Ces petites tempêtes n'arriveront pas à éteindre la flamme de notre amour. Je t'aime.

Vendredi 29 septembre

J'aime Yoko... J'aime Yoko... J'aime Yoko... j'aime Yoko... J'aime Yoko... J'aime Yoko... J'aime Yoko...

Samedi 30 septembre

Je pense à Sarah et j'aime Yoko... C'est quoi le problème... Je pense à Sarah et j'aime Yoko... C'est quoi le problème... Je pense à Sarah et j'aime Yoko... C'est quoi le problème... Je pense à Sarah et j'aime Yoko... C'est quoi le problème... Je pense à Sarah et j'aime Yoko... C'est quoi le problème ...

Dimanche 1er octobre

Après le traditionnel brunch et quelques jeux (j'ai gagné !), je vais me balader seul sous un ciel automnal. Je me sens bien. Après un début de journée avec les copains, je m'isole un peu comme si j'avais besoin d'équilibrer les choses. Oui ! Je me sens bien ! Alors que la pluie commence à tomber, je lève la tête vers le ciel en fermant les yeux. Je sens la pluie de plus en plus forte taper sur mon visage. Je me sens vivant ! Heureux et vivant !

Lundi 2 octobre

Déjà un mois que j'ai repris le travail, et je me rends compte aujourd'hui que je connais encore très peu mes nouveaux collègues. Sans m'en rendre compte je m'étais un peu fermé sur moi-même. Je corrige cela dès aujourd'hui, et je discute avec eux à la moindre occasion.
Sophie a vingt-neuf ans, déjà quatre enfants de dix, six, trois et un ans. Elle est arrivée à Bordeaux au printemps, elle a toujours vécu en région parisienne auparavant, son mari ayant été muté ici. Il travaille pour une société de communication qui vient de créer une agence en centre-ville.
Hugo est beaucoup plus jeune que ce que je pensais, dix-neuf ans, il n'a pas pu intégrer la fac de son choix, je n'ai pas compris laquelle, et il n'a pas voulu accepter un plan b. Il a préféré chercher emploi, ce CDI est une vraie bonne surprise pour lui.

Mardi 3 octobre

L'Ain me dit
J'ai mal à l'Aisne
L'autre répond nous sommes Allier
Et je t'aiderai pour que tu Alpes en Suisse avec nous
Oui mais c'est l'Ardèche, nous n'avons plus d'argent pour

payer l'essence
Ardennes moi ça dit-il en prenant le relevé de compte
C'est quoi cette ligne ? Ariège ?
C'est un restaurant ! Rappelle-toi, nous sommes partis tous les deux à L'Aube avec Aude
Et tu as dit « Aveyron bien où nous irons,
Mais j'ai soif, des Bouches-du-Rhône, voici le tire-bouchon
Moi j'ai préféré un Calvados
Et manger un bout de Cantal
Pendant que le Charente et le chat sort de la voiture
Ce restaurant il l'a trouvé Cher
Mais nous étions en Corrèze financièrement
C'est sûr que maintenant ça se Corse
Et qu'une Côte-d'Or dans la rue nous ferait du bien
Mais vivons de Côtes-d'Armor et d'eau fraîche
Creuse ta tombe ils disent, je refuse
Pendant le trajet il m'a dit que je Dordogne, je dors et je grogne à la fois
Je ne le crois pas, je suis Doubs comme un agneau
Ou comme un Drôme adhère
C'était bien, on ne regardait pas l'Eure
Et c'était Finistère face au pouvoir
Gard à toi tout de même il m'a conseillé
Tout peut inonder comme la Haute-Garonne
Il Gers bien les choses !
Surtout avec les femmes Gironde comme il aime
Il est mon Hérault !
Il me fait rire quand je le contredis et qu'il me taquine « Oh! Ille-et-Vilaine ! »
Je lui ai dit « On y va ? Allez ! Indre trois ! Go ! »
« Isère jusqu'à 14h dans ce restaurant je crois »
On se Jura fidélité dans la voiture, c'était émouvant
Nous avons traversé des Landes, c'était beau
Puis j'ai dormi comme un Loire jusqu'à l'arrivée
C'est le Lot de chaque long voyage
Au réveil je lis un article sur les quatre éléments Lozère,

feu, terre

Quand arrive un policier j'en Maine pas large

Il me dit il y a quoi dans votre Manche

C'est simplement une montre, j'en ai Marne d'être injustement condamné d'avance

Il fera moins le malin quand j'aurai Mayenne

J'ai déjà eu une hyène, mais elle est Meurthe

Quand je raconte cela les gens rient, moi ça ma Meuse pas beaucoup

Aussi, il est Morbihan, c'était mon puma

Le Moselle prend un ou deux « L » ? Ele ou elle ?

Un autre type est arrivé, que je connais Nièvre ni d'Adam

Il avait perdu sa boussole, il cherchait le Nord

Je le t'Oise, il est chelou ce type

Un pin's Orne la poche de sa chemise

Une fois partie, on met de la musique et on danse pour se dégourdir « et voici un Pas-de-Calais pour la chorégraphie » il me dit pour me faire rire

Et Puy-de-Dôme en dôme on saute sur les toits des bâtiments

Quand on a de gros ennuis il aime dire « Le Pyrénées, le pire mourra ! »

Après la danse et les sauts j'ai très mal au Rhin

Tellement mal que je Saône à une maison au hasard pour demander un médicament

Sarthe apprendra de faire le souave me dit-il

Mais Savoie était tellement belle

Je Paris qu'il est ténor à l'Opéra

Et qu'il a une vie plus Seine que moi

Sa femme s'appelle Yvelines,

Et je vois Deux-Sèvres dans le jardin

C'est un ténor paysan en Somme

Je Tarn, comme on dit en Suisse, mon arme pour ne pas l'inquiéter, je le camoufle dans mon sac

Je vois un objet bizarre il m'explique que c'est une Var, c'est pour pêcher les tortues

Ça Vaucluse précise-t-il, ça vaut le prix d'une belle

montre

Vendée moi là, je lui demande

Il faut que mon fils Vienne, c'est à lui, il me répond.

Vosges prix seront les miens

Yonne a qui veulent vraiment acheter à ce que je vois

C'est vraiment un Belfort homme, il est gentil et charmant

Il m'écrit son numéro sur un papier et me dit Essonne moi quand tu veux

Mercredi 4 octobre

J'ai un appel de Jules, il me propose comme déjà évoqué d'écrire des articles pour son quotidien, dont le premier numéro est sorti lundi avec un mois de retard. Il m'explique les nombreuses raisons de ce retard et dans le détail sa proposition qui a changé depuis notre dernière rencontre. Il me propose d'écrire des articles sur la ville de Bordeaux au lieu des faits divers : « C'est pour l'édition du dimanche qui sera plus axée découvertes et loisirs qu'actualité. Chaque semaine tu écrirais un article sur un quartier, une rue, un monument ou une particularité de la ville. Tu aurais totale liberté sur les sujets, la seule contrainte c'est que ça doit pouvoir être compréhensible par tout le monde, Bordelais ou non, connaisseur de la ville ou non. »

J'accepte avec plaisir et j'ai déjà une idée pour le premier article ! En vente chez votre marchand de journaux ce dimanche !

Jeudi 5 octobre

Texte de Victoria :

Bon... Je vais essayer de jouer un peu plus le jeu cette fois. Pardon pardon pardon mon Lucas ! Mais bon l'écriture et moi...

Je suis très contente, ma petite entreprise commence à bien marcher après des débuts très difficiles. J'ai eu un très bon bouche-à-oreille suite au dépannage d'un boulanger à Caudéran. Sa femme a parlé de moi à plusieurs de ses clients et ça a fait boule de neige... J'espère que ça va continuer ainsi !

Vendredi 6 octobre

En fin de journée j'ai rendez-vous dans un bar avec Olivier, sur le sol bordelais entre deux vols. Les dernières fois où je l'avais vu, il y a plusieurs semaines maintenant, je le trouvais de plus en plus insupportable. Aujourd'hui, je retrouve l'Olivier que j'ai su aimer auparavant. Plus calme et avec des blagues un peu moins lourdes. Il m'explique qu'il est un peu fatigué de son travail, surtout des allers-retours aux quatre coins du monde, et qu'il a envie de plus de stabilité. Sa compagnie aérienne a des bureaux à Bordeaux et à Toulouse. Il devrait rejoindre prochainement l'un de ces locaux pour un poste administratif ou commercial.

Samedi 7 octobre

Je regarde la pluie tomber
Et je rêve qu'elle se transforme
Non pas en neige comme en hiver
Mais en amour pour toujours
Au lieu de faire grandir les fleurs
Elle remplirait les cœurs
Plus besoin de parapluie
D'être inondé on serait ravi

Dimanche 8 octobre

Rubrique « Le Petit Bordelais non illustré » du quotidien La Belle Réveillée :

Le cannelé

S'il fallait une preuve de l'importance pour les Bordelais de ce petit gâteau parfumé au rhum et à la vanille, la présence d'une boutique en Gare Saint-Jean est certainement la plus évidente : cette boutique permet aux habitants de quitter la ville avec un «doudou sucré» à utiliser en cas de mal du pays, et aux touristes de découvrir cette fabuleuse douceur, à peine sortis de leur train arrivé de façon inouïe en à peine plus de deux heures.
Fort heureusement, on peut aussi le goûter en plein centre-ville dans l'une des nombreuses boutiques, de plus en plus nombreuses d'ailleurs, le quasi-monopole ayant laissé sa place à un face à face combatif et judiciaire de deux marques. Deux salles, deux ambiances... Moi j'ai fait mon choix...
On dit que ce n'est pas la taille qui compte mais le goût... Cette expression correspond très bien au cannelé que vous pouvez trouver en trois tailles avec des noms peu poétiques : bouchées, lunchs et gros cannelés.
Cette pâtisserie aurait été créé par des religieuses du couvent des Annonciades, l'actuel siège de la Direction Régionale des Affaires Culturelles (DRAC). C'est sans doute faux mais peu importe, ce point historique fera son petit effet la prochaine fois que vous en offrirez.

Lundi 9 octobre

Seul à la coloc, je regarde tranquillement un reportage sur le Lac d'Annecy. L'évocation de ce nom me rappelle de bons moments passés en Haute-Savoie.
J'avais dix-huit ou dix-neuf ans, c'était la période des premières libertés avec quatre ou cinq copains du lycée. À l'époque, nous habitions tous Lyon et les parents de l'un d'eux avaient un petit appartement à Annecy qu'ils louaient aux touristes. S'il n'y avait pas eu de réservation

pour le week-end le vendredi à 18h, on pouvait l'avoir et s'improviser un petit séjour là-bas.

On prenait alors un TER le samedi matin très tôt et deux heures plus tard on était à Annecy. Les week-ends de beau temps on profitait en journée des paysages de cette belle région avant de passer une soirée un peu, beaucoup, passionnément alcoolisée à l'appartement.

Les week-ends de mauvais temps on restait les deux jours à l'abri à jouer à des jeux de société accompagnés selon l'heure d'un thé, d'un verre de vin ou de rhum bu directement à la bouteille.

Une voisine, une petite mamie à l'accent suisse bien prononcé, nous apportait à quatre heures précises des madeleines maison. Elle sonnait à la porte, une boîte en métal à la main, puis disait toujours la même chose de la même façon : « Bonjour les enfants, je vous apporte des petites douceurs. Attention, ça sort du four, c'est très chaud ! » Elle nous donnait alors la boîte en métal qui contenait à l'origine des galettes bretonnes, désormais remplie des précieuses madeleines, puis nous disait en se retournant « Vous pouvez garder la boîte! Bonne journée ! »

Avec le recul je pense qu'elle aurait aimé passer un peu de temps avec nous pour discuter et se sentir un peu moins seule. Mais, sans doute, nous étions trop jeunes pour comprendre cela. Nous retournions rapidement jouer en dévorant la boîte de madeleines en à peine trois minutes.

La Haute-Savoie et Annecy me rappelaient de beaux moments de complicité et de jeux avec les copains. Mais désormais ils me rappellent aussi le bon goût sucré des madeleines chaudes et le goût amer des occasions ratées. Les occasions d'être généreux, curieux et bienveillants

Mardi 10 octobre

Une alerte enlèvement est communiquée sur tous les médias comme la loi l'exige.

Un petit garçon de six ans a été enlevé à Niort pendant qu'il rentrait à pied avec sa nourrice chez cette dernière. Une voiture blanche est arrivée à toute vitesse, à pilé juste devant eux, le conducteur a pris violemment l'enfant dans ses bras, puis est reparti.

Mercredi 11 octobre

L'enfant qui se nomme Gabriel, aurait été enlevé par son oncle. Vingt-quatre heures après sa disparition, sa mère Audrey a craqué et avoué une information importante pour l'enquête. Elle a eu pendant plusieurs mois une relation avec son beau-frère et elle ne sait pas si le père de Gabriel est son mari Thomas ou le frère de celui-ci, Fabien. Ce dernier a accepté de se taire pendant ces six années, il était très proche de l'enfant, mais comme un oncle peut l'être. Ces derniers mois Fabien vivait de plus en plus mal cette situation, allant jusqu'à la folie et en refusant l'éventualité qu'il ne soit pas le père.

Audrey a des remords, elle aurait dû en parler à Thomas à ce moment-là. Tout le monde se rassure en imaginant que Fabien ne fera pas de mal à Gabriel. Mais l'attente est tout de même interminable.

Jeudi 12 octobre

Le texte de Jamel :

Hier soir j'étais au casino à Monaco avec Jessica ! Ouais ! On est comme ça vieux ! Un coup de tête et hop on y va direct ! Franchement c'est très chouette ! Ça donne envie d'être riche et de vivre là-bas. Bon ok, j'ai perdu pas mal d'argent dans les nombreuses machines à sous, mais peu importe, j'ai passé l'une des plus belles soirées de ma vie, une soirée en amoureux, de rires et de cris de joie, de respirations en suspension, de synchronisation des émotions

Vendredi 13 octobre

Deuxième et dernier vendredi 13 de l'année. Le texte de Jamel me donne une idée : et si on créait un petit casino d'un soir à la coloc ? Je m'assure que tout le monde est dispo ce soir et je prépare cela discrètement pour faire la surprise.

J'installe différents petits stands aux quatre coins du salon : machine à sous sur tablette au bar, jeu de roulette sur la table basse (là encore une application sur téléphone), poker sur la grande table (avec de vraies cartes !) et un jeu de dés, le craps, par terre devant la bibliothèque.

Pendant la soirée je joue au croupier et invite mes joueurs de colocs à passer de stand en stand. Victoria crie à chaque action, qu'elle gagne ou qu'elle perde, Jamel fait le kakou genre « je suis un bonhomme, vous allez voir comme vous allez voir » alors que Yoko demande régulièrement confirmation sur des détails des règles du jeu.

Visiblement tout le monde s'amuse bien, d'ailleurs une fois tous les stands effectués, nous les recommençons avec Jamel dans le rôle du croupier pour que je puisse également jouer.

Samedi 14 octobre

Une seule question ce matin : le marquis de Sade était-il triste ?

Dimanche 15 octobre

Rubrique « Le Petit Bordelais non illustré » du quotidien La Belle Réveillée :

Les records

À Bordeaux, on aime battre des records, plus exactement on aime jouer à la plus grosse... Alors on est très content d'avoir la rue Sainte-Catherine, la Place des Quinconces, le Miroir d'eau et la Librairie Mollat.

La Rue Sainte-Catherine de 1250 mètres de long est souvent présentée comme la plus longue rue commerçante et piétonne d'Europe. Cette rue est donc la Rocco Siffredi d'Europe. Bravo à elle. Et comme Rocco Siffredi, elle est toujours accompagnée de beaucoup de monde... Trop de monde... Surtout le samedi après-midi. La vue est belle depuis la Place de la Comédie, où on peut voir, grâce à une légère pente, l'impressionnante foule et tout au bout de la rue loin là-bas, la Porte d'Aquitaine sur la Place de la Victoire.

La Place des Quinconces est avec une superficie de douze hectares la plus grande place de France et l'une des plus vastes d'Europe. Après vérification sur Wikipédia seul trois places russes et une place polonaise sont devant, sur le plan mondial les cinq premières sont asiatiques ou américaines. La Place des Quinconces est donc la onzième plus grande place du monde ! Youhou !
Ce grand espace libre est très bien utilisé avec par exemple une fête foraine deux fois par an (avec des gamins qui braillent dans les airs) et quelques jours plus tard une brocante (avec des adultes qui braillent au sol pour négocier les prix).

Le miroir d'eau : si vous souhaitez passer à la télé, marchez pieds nus sur ce pédiluve géant un jour de canicule, une chaîne de télévision viendra à votre rencontre pour un très intéressant « micro-trottoir ». Malgré la caméra ne stressez pas, le texte est très simple « Il fait très chaud... Ça fait du bien de se rafraîchir ici en pleine ville... On essaye de trouver de l'ombre... On boit beaucoup d'eau... » De toute façon vous pouvez raconter n'importe quoi, le téléspectateur s'en fout de ce que vous dites, vos prédécesseurs de l'année dernière, et des dix années précédentes, ont dit exactement la même chose.

Si vraiment vous ne savez plus quoi dire, troublé par exemple par le beau cameraman, dites simplement que vous êtes sur le plus grand miroir d'eau du monde d'une superficie de 3 450 m².

La Librairie Mollat est une institution de la ville, elle est la première librairie indépendante française en termes de chiffre d'affaires et de titres en rayon. Généralement on dit plus simplement « la plus grande librairie de France ». Peu importe des détails quand on a des raisons d'être chauvin.

Pour finir, une petite anecdote : ici la société des trams et des bus s'appelle TBM. Oui, ici on bat tous les records.

Lundi 16 octobre

Alors que des larmes alarment mon âme
Le bonheur s'échappe de mon cœur
Comme du sang qui coule d'une plaie
Docteur de la joie je viens en urgence
J'ai besoin d'une petite ordonnance
Pour soigner douleurs et carences
Je cherche la pharmacie des sentiments
Pour acheter des pansements réconfortants
Des comprimés de gaité et des gélules de fierté

Mardi 17 octobre

Déjà une semaine que l'alerte enlèvement a été mise en place. L'enfant n'a pas été retrouvé et les très nombreux appels n'ont pas permis d'obtenir des informations intéressantes.

Mercredi 18 octobre

L'oncle aurait été vu, sans l'enfant, à Bruxelles dans un petit supermarché. Les caméras de surveillance confirment cela. La police française et la police belge mènent désormais cette enquête conjointement.

Jeudi 19 octobre

Le texte de Yoko :

Tellement heureuse de te voir de nouveau sourire, rire et surtout de voir de la légèreté sur ton visage. J'espère que les nuages et les tempêtes resteront pour longtemps loin de nous. J'ai plein de projets pour nous. Puisque désormais tout est possible, choisissons le bonheur.

Vendredi 20 octobre

Je me rends compte avec le petit texte de Yoko que si j'ai pu compter sur elle ces dernières semaines, l'inverse est moins vrai. Je vais faire attention à cela désormais.

Samedi 21 octobre

L'oncle du petit kidnappé a été retrouvé et arrêté dans un appartement en banlieue bruxelloise. L'enfant n'était pas dans l'appartement et l'oncle refuse de donner la moindre information.
La France a peur, tous les soirs, à toutes heures.

Dimanche 22 octobre

Rubrique « Le Petit Bordelais non illustré » du quotidien La Belle Réveillée :

Une poche de chocolatine gavée bonne

Grâce à la magie d'internet le savoir et la connaissance arrivent désormais dans tous les foyers, alors maintenant tout le monde sait qu'ici on appelle chocolatine ce qu'on appelle pain au chocolat dans de nombreuses autres contrées. Oui, je sais internet apporte aussi et surtout débats stériles et insultes mais ce n'est pas le sujet...

Vous connaissez l'origine du mot « chocolatine » ? Oui ? Il est alors possible que vous connaissiez une fausse hypothèse qui a beaucoup circulé... Mais elle fera très bien l'affaire devant la machine à café du travail, le jour où vous en apportez pour votre anniversaire ou autre événement qui implique de manger gras et sucré à dix heures du matin entre deux dossiers inintéressants. Cette hypothèse, belle comme une légende, raconte que ce terme vient de l'époque où la région était anglaise. Les Anglais demandaient du chocolat dans du pain, « chocolate in bread », chocolatine... Mais pour une sombre histoire de chronologie ce n'est pas possible, le cacao n'était pas encore arrivé en Europe pendant l'occupation de nos amis anglais. Cette histoire est amusante et plutôt logique à première vue, vos collègues vont l'adorer !

Il y a d'autres mots utilisés à Bordeaux ou plus globalement dans le Sud-Ouest : « poche » pour « sac en plastique », « gavé » pour « très », « la débauche» pour « la fin de journée de travail ».

Poche est sûrement le plus perturbant pour le nouvel arrivant qui à la caisse se voit demander « Vous voulez une poche ? ». Généralement on s'en sort avec le contexte mais c'est toujours un petit moment gênant de flottement.

Allez je vous laisse je vais faire de l'essence. Oui, ici on ne prend pas de l'essence... On en fait...

Lundi 23 octobre

Oh yeah !
Hi ha !
You hou !

Mardi 24 octobre

L'enfant reste introuvable et l'oncle refuse toujours de parler. Tout le monde se passionne pour cette histoire qui donne froid dans le dos. Tout le monde a une idée sur la question : « il a tué le gamin », « il l'a caché dans une cave et comme plus personne ne vient lui apporter à manger et à boire, il va mourir » ou encore la traditionnelle théorie du complot « Non, mais ils l'ont retrouvé le gamin, mais le police a eu ordre de ne pas en parler, pendant ce temps on ne parle pas du chômage qui monte et des prix qui flambent ».

Mercredi 25 octobre

La police a découvert que l'oncle du petit Gabriel est allé jusqu'en République tchèque avant de se cacher à Bruxelles. Les montants des différents achats par carte bancaire dans les boutiques et restaurants sur le trajet sont plus importants à l'aller qu'au retour. On peut donc imaginer qu'il était avec le gamin à l'aller, pas au retour...

Jeudi 26 octobre

Le texte de Victoria :

Désolée, j'ai pas le temps d'écrire beaucoup une fois de plus. J'ai énormément de travail en ce moment ! Et c'est tant mieux ! Bisous Zouzou !

Vendredi 27 octobre

La police tchèque, accompagnée par la police française, a été d'une incroyable efficacité. L'enfant a été retrouvé sain et sauf chez une famille de notables de la capitale. Le couple ne pouvait plus avoir d'enfants et après trois filles ils voulaient absolument un garçon. L'oncle a vendu son neveu très cher à ce riche couple.

L'oncle Fabien donne finalement une explication à la police : « Puisque je ne peux vivre avec lui, je préfère qu'il soit loin, c'est moins douloureux. »

Samedi 28 octobre

Au lieu de se réjouir de ces retrouvailles, la presse de caniveau se pose seulement ces quelques questions : est-ce que son oncle est bien son oncle ? Qui est son père ? Fabien ou Thomas ?

Par l'intermédiaire de son avocat, Fabien a fait savoir qu'il ne demandera pas de test ADN alors que Thomas et Audrey ont demandé aux journalistes via l'AFP de respecter leurs vies privées. L'essentiel étant d'avoir retrouvé Gabriel vivant et en bonne santé.

Dimanche 29 octobre

Rubrique « Le Petit Bordelais non illustré » du quotidien La Belle Réveillée :

Meriadeck

Pas sûr que les touristes s'attardent sur le quartier Meriadeck parfois qualifié de verrue de la ville. Ce quartier a été entièrement détruit et reconstruit dans les années soixante en raison d'une très importante insalubrité. C'était le bordel dans tous les sens du terme...

La population pauvre, ouvrière et d'artisans, a alors laissé sa place à des administrations, à un centre commercial et à des tours d'habitations.
Certes l'architecture des années soixante ne correspond plus aux valeurs actuelles et elle ne fait pas le poids en comparaison avec les charmants anciens immeubles du centre-ville et les échoppes (petites maisons sans étage).
Mais tout de même, ils sont sympathiques ces immeubles qui prennent de la hauteur sur le reste de la ville tels des phares ou des tours de châteaux forts. Ils sont les représentants d'une époque révolue, celle de la ville moderne qui rêvait de l'an 2000 et de la voiture reine ! Et oui le monde a bien changé ! Mais visiblement, ils aimaient déjà le piétonnier et ils ont trouvé un compromis que je trouve intéressant : la circulation automobile et celle des piétons ont été séparées par la construction d'une dalle, l'actuelle esplanade Charles de Gaulle. Les voitures en bas et les piétons en haut, c'était bien trouvé. Le passage d'un niveau à l'autre n'est toutefois pas toujours évident avec des escaliers peu nombreux et parfois bien cachés. Que celui qui n'a pas tourné avec désespoir là-haut pendant au moins pendant dix minutes me jette la première botte de Juppé. Oui, vraiment ce petit quartier a son charme et quelques bâtiments plus récents lui donnent une seconde jeunesse. Encore plus efficace que le botox.

Lundi 30 octobre

Je connais :

Un barbier qui est rasoir
Un boucher qui entend bien
Un facteur un peu timbré
Un boulanger bâtard

Mardi 31 octobre

C'est Halloween ! Alors grande soirée avec les copains à la coloc ! À côté des classiques sorcières, zombies et autres citrouilles, on peut voir des déguisements plus originaux : Harvey Weinstein, un téléphone avec 1% de batterie et même une feuille d'impôts !
Des bonbons « œil » et « cervelle » baignent dans l'énorme saladier du cocktail rhum citrouille qui nous accompagne toute la soirée.
« Salsa du démon... Salsa du démon... »

Mercredi 1er novembre

Et voici la Toussaint ! Jour paradoxal qui associe plaisir de jour férié et dépression du début d'un triste mois froid et pluvieux qui nous amène inexorablement vers l'hiver. En plus c'est le jour des morts... Enfin en pratique seulement, prestige de jour férié oblige, car le jour des défunts c'est le 2 novembre. La Toussaint, comme son nom l'indique, c'est la fête de tous les saints, mais pas forcément des canonisés. Ouais... Les fêtes catholiques, à part Noël et Pâques, c'est tellement compliqué que l'on ne comprend jamais ce que l'on célèbre...
Peu importe, c'est férié, profitons de notre journée !

Jeudi 2 novembre

C'est donc le jour des défunts mais tout le monde s'en fout car ce n'est pas un jour férié et surtout chômé... Cela dit mon téléphone portable choisit aujourd'hui pour me lâcher, impossible de le rallumer et Victoria est formelle : « ton téléphone est foutu ! C'est irréparable ! »
Il va donc rejoindre sa dernière demeure, comme ses prédécesseurs, le tiroir de mon bureau.
Comme le veuvage ce n'est pas pour moi, je le remplace immédiatement par un petit jeune plus performant, et beaucoup plus cher, acheté à la boutique à côté de la librairie.

Vendredi 3 novembre

Je « libère » mes camarades de ma demande d'écrire à tour de rôle un petit texte. À cette annonce je sens un soulagement exprimé par un changement radical de respiration, en particulier pour Victoria et plus subtilement pour Jamel.

Samedi 4 novembre

Pour remercier Yoko d'avoir été aussi présente pour moi, je l'invite dans un petit restaurant romantique du centre-ville. Des tables deux personnes, des bougies parfumées et une lumière tamisée, pas de doute, ici c'est l'antre des couples...
Nous passons une douce et agréable soirée que nous terminons sous les étoiles, sur le toit d'un bar, accompagnés chacun d'un mojito royal.

Dimanche 5 novembre

Rubrique « Le Petit Bordelais non illustré » du quotidien La Belle Réveillée :

Ok les quais !

Si vous êtes un touriste ou un nouvel arrivant, la première chose qu'un vieux Bordelais vous dira, c'est que la ville a beaucoup changé depuis les grands travaux et l'arrivée du tram au début des années 2000. Et il rajoutera "surtout les quais".
Et c'est vrai que c'est incomparable : les vieux hangars désaffectés derrière les grillages et les parkings peu valorisants ont laissé place à des lieux de vie et de promenades.
Promenons-nous justement le long de la Garonne, Rive gauche car c'est là que ça se passe, du Pont Saint-Jean au Pont Jacques Chaban-Delmas, c'est-à-dire du sud au nord.
Notre balade commence avec le Quai des Sports. Comme son nom l'indique, on y trouve au plus près du fleuve quelques terrains de sports de toutes sortes avec dessus surtout de jeunes hommes musclés. Mais que font les vieilles femmes élancées ?
Si vous êtes cougar, ou plus généralement sensible à ce

184

type de charme, vous pourrez profiter du spectacle en vous installant dans l'herbe tout le long des terrains.

Une fois les yeux rassasiés et les jambes reposées, vous pourrez reprendre la balade en passant sous le Pont de Pierre et à côté de la Maison Écocitoyenne.

Vous arrivez alors au "Jardin des lumières" et ses 33000 plantes, coupé en deux par le Miroir d'eau. N'hésitez pas à crâner à l'évocation du nom de ce jardin, très peu de Bordelais doivent le connaître.

La promenade se poursuit par quelques arbres au niveau de La Place des Quinconces, et sur La Garonne par de grands paquebots remplis, soyons caricaturaux, de vieux touristes allemands en tongs chaussettes.

Un peu plus loin vous pourrez voir un skatepark qui, de façon étonnante, est situé à presque trois kilomètres du Quais des Sports. Pourquoi une telle exclusion du reste des sportifs ? Que font SOS racisme et SOS roulophobie ? On arrive ensuite dans la partie commerçante des quais. Oui, parce que vous n'êtes pas seulement un curieux touriste ou un promeneur aux plaisirs simples, vous êtes aussi, et peut-être surtout, un consommateur. Vous trouverez donc boutiques et restaurants au Quai des marques.

L'honneur est sauf juste avant le Pont Chaban-Delmas, la destination finale de notre promenade : vous pourrez vous cultiver à Cap Sciences dans l'une des expositions de ce Centre de Culture Scientifique, Technique & Industrielle.

Pour vous aussi c'est Ok les quais ?

Lundi 6 novembre

Quand je te vois
Mon cœur fait pop comme du maïs soufflé
Il s'éclate de ta beauté
Pas besoin de sel, de sucre
Tu peux venir le croquer

Mardi 7 novembre

Stylos billes bleus et noirs
Café
Fromage
Jus d'orange
Yaourts natures
Enveloppes sans fenêtre format C5/6 (c'est ma liste de
course, ici je ne vais pas la perdre)

Mercredi 8 novembre

Dernier anniversaire de l'année dans la coloc, celui de
mon amour, ma belle Yoko.
Avec Victoria et Jamel, on a souhaité faire simple,
généreux et classe, comme elle : un petit dîner tous les
quatre au calme à l'appartement. Arrosé tout de même de
Champagne, et de quelques pas de danse pour finir la
soirée.

Jeudi 9 novembre

Je regarde la couverture d'un nouveau magazine, «Aïe !»,
légèrement trash au vu des nombreux titres : « Il a mangé
sa grand-mère avec du ketchup », « Du sang dans la
bolognaise, du sperme dans la béchamel », « Ses 83
enfants dormaient dans la cave», « Elle coupait au cutter
le pénis de ses amants » et mon préféré « Ils sentaient
des pieds, ils les ont tués ».

Vendredi 10 novembre

Alors que les filles sont chez une copine commune, je bois
un verre dans un bar avec Jamel. Il me parle en boucle de
Jessica. Je suis content pour lui, visiblement tout se passe
divinement bien, mais j'aimerais bien qu'on parle aussi
d'autre chose. Surtout que je ne l'ai toujours pas vue, je

ne sais pas de qui on parle. J'essaye régulièrement de faire dévier la conversation, c'est un échec, il revient immédiatement sur Jessica.

Samedi 11 novembre

Et voici un jour férié
Pour la paix retrouvée
Se souvenir du pire
Pour un meilleur avenir
Ainsi fut le passé
Ne surtout pas oublier

Dimanche 12 novembre

Rubrique « Le Petit Bordelais non illustré » du quotidien La Belle Réveillée :

Rendez-vous en terre inconnue : la Rive Droite

Pour les Bordelais, pas besoin de prendre un avion en direction d'une destination lointaine avec Frédéric Lopez pour découvrir une terre inconnue et sa population traditionnelle.
Il suffit qu'ils traversent le pont de Pierre, désormais uniquement à pied, en vélo ou en tram, pour qu'ils arrivent sur cette terre dont ils ont tout à apprendre.
Il y a d'un côté le centre-ville, poumon historique, et de l'autre... Ben, pas grand chose....
Bon d'accord, j'exagère légèrement et tout ça a bien changé avec un tram qui fait le lien entre les deux rives.
En vrai, ce n'est plus du tout une terre inconnue pour les Bordelais. En effet, dès les premiers rayons de soleil printanier, ils sont désormais nombreux à s'assoir sur l'herbe au bord de l'eau pour un sympathique pique-nique. Paradoxalement, le principal atout de la Rive Droite... C'est la Rive Gauche ! En effet, il n'y a pas de

meilleur endroit pour avoir une vu d'ensemble sur les magnifiques bâtiments de la Place de la Bourse.
Bon ok, la rive droite sait aussi se faire aimer pour elle-même : les Bordelais viennent désormais en masse à la guinguette Chez Alriq ou à l'écoquartier Darwin dans l'ancienne Caserne Niel.
Vous l'aurez compris, il n'y a pas de raison que la rive droite reste pour vous une terre inconnue, alors traversez la Pont de Pierre, n'ayez pas peur du lion bleu qui vous attend de l'autre côté, il est très gentil !

Lundi 13 novembre

Ce matin Papy René entre dans la librairie, chante des chansons paillardes, danse entre les rayons, et sort de la boutique... Ok... Pourquoi pas...

Mercredi 15 novembre

Aviez-vous remarqué qu'il manque le mardi 14 novembre ?
Ah ! Ah ! Je suis un petit plaisantin !
Bon... D'accord je le mets juste après !

Mardi 14 novembre

Rien...
Ah ! Ah ! Je suis vraiment un petit plaisantin !

Jeudi 16 novembre

Je suis à contresens
Dans tous les sens du terme
Sur le chemin de la ville
Et dans celui de ma vie
Je ne comprends pas les textes
Je fais des contresens

Vendredi 17 novembre

Voici un nouveau fait divers qui laissera peu de suspens puisqu'entièrement filmé et diffusé en direct sur internet. On peut voir sur cette vidéo un homme d'une quarantaine d'années avec sa femme, peut être un peu plus jeune que lui, et ses cinq enfants. Ils sont tous debout, visiblement dans le salon, le visage neutre, ni triste, ni apeuré. Peut-être même apaisé. Seul l'homme parle, il explique que la famille a pris ensemble une décision en regardant les informations. Il conclut son long discours par un terrible « Le monde est depuis toujours malade, il est évident que c'est incurable... Adieu ! »
Il verse alors un grand bidon d'essence sur sa famille et sur lui-même, avant de gratter une énorme allumette...
La police qui a été contactée par de nombreuses personnes n'a pas pu arriver à temps.

Samedi 18 novembre

Évidemment, toute la France est choquée par l'événement d'hier. L'émotion est forte à chaque diffusion de la vidéo sur les chaînes infos malgré les visages floutés. À la coloc on s'organise une soirée « douceur » pour se remettre de cela : bonbons colorés, brioche vendéenne et chocolat chaud devant de beaux dessins animés japonais.

Dimanche 19 novembre

Rubrique « Le Petit Bordelais non illustré » du quotidien La Belle Réveillée :

Vous allez bien vous a(musée) !

Puisque nous sommes dimanche, au lieu de regarder une série débile ou Drucker à la télé, si vous alliez plutôt vous cultiver au CAPC, le musée d'art contemporain de la ville ? Si vous êtes fauché comme les blés, attendez le 3 décembre, c'est gratuit le premier dimanche du mois (puisque la veille est le premier samedi du mois, ce sera un week-end cul et culture... Il est important de varier les plaisirs !)

Ce musée c'est d'abord un lieu de notre histoire : il est situé dans l'ancien Entrepôt Lainé destiné à l'époque de sa création, en 1824, au stockage de denrées en provenance des colonies. « Ya bon le cacao de nos colonies ! » comme heureusement on ne dit plus...

L'imposante et magnifique nef de ce beau bâtiment se prête très bien à l'exposition des différentes œuvres, mais il y a d'autres salles qui permettent de multiplier les expos.

Ne ratez pas à l'étage celles du centre d'architecture Arc en Rêve, c'est passionnant !

Autre lieu culturel également lieu d'histoire, la Base sous-marine construite par l'occupant allemand en 1941 et 1943. L'immensité, le béton armé et l'eau donnent une ambiance froide et impressionnante au lieu, en particulier la nuit tombée.

Et puis quel beau symbole que ce lieu de guerre soit devenu un lieu culturel !

Bon OK... Si vous insistez... Une fois chez vous, vous pourrez regarder Drucker en replay...

Lundi 20 novembre

Une histoire d'amour c'est comme regarder la télé :
On s'allume
On se mate
On est hypnotisés
On a ses habitudes
Et pour finir on se zappe

Mardi 21 novembre

Je regarde le ciel étoilé, c'est beau, c'est très beau ! Mais ça me fait penser à l'infiniment grand et à l'infiniment petit... C'est flippant... Alors je préfère regarder le trottoir et penser à ce que je vais manger tout à l'heure !

Mercredi 22 novembre

À la librairie je surprends Papy René en train de voler un livre de poche. Alors qu'il s'est baissé pour refaire ses lacets, il a décollé l'étiquette avec l'antivol et placé son livre dans son sac en se relevant. Pas de chance pour lui, j'étais pile dans le bon axe pour le voir. Je le sermonne alors comme un enfant, il est peu impressionné. Il me répond qu'il va payer et cache la couverture du livre jusqu'à la caisse. Il me le tend en laissant découvert uniquement le code-barres. Je lui arrache le bouquin des mains, je comprends la situation et la cachotterie en voyant le titre « Comment bien faire l'amour à une femme ».
Papy René n'est pas un voleur, mais un éternel adolescent !

Jeudi 23 novembre

Je ne sais pas pourquoi, je me réveille avec une envie de voyage. Partir loin, non pas pour fuir mais pour le plaisir d'entendre d'autres langues et d'autres sons, pour sentir d'autres odeurs, d'autres épices, voir d'autres couleurs, en résumé d'autres vies.
Je marche dans la rue en direction du travail : je sens l'odeur du pain chaud devant une boulangerie, je vois un magnifique graff sur le mur d'un bâtiment et j'entends du mauvais rap dans les écouteurs trop puissants d'un passant pressé. Comme un voyage mais à quelques pas de chez soi...

Vendredi 24 novembre

Je regarde les différents guides touristiques à la librairie...
Trois destinations me font envie : San Francisco, Pékin et Moscou.
Ça serait génial de partir avec Yoko dans l'une de ces villes !

Samedi 25 novembre

J'en ai marre d'accepter les cookies sur internet... En plus ça me donne faim...

Dimanche 26 novembre

Rubrique « Le Petit Bordelais non illustré » du quotidien La Belle Réveillée :

Qu'est-ce qui se "trame" dans cette ville ? ou « Mais trop » c'est trop...

(Note à mon patron : n'oublie pas de valider cet article, même en correspondance...)
Après un premier projet de métro VAL (petite rame totalement automatique) avorté en 1986, un second projet moins coûteux fait quasi l'unanimité, majorité comme opposition, en 1991. Pourtant il sera abandonné, accusé de tous les maux : trop cher, dessert une trop faible population de la ville, impossible dans le sous-sol marécageux de la ville, faible densité de population... Bon, on ne va pas rentrer dans le débat mais on peut remarquer que des agglomérations de taille équivalente ou inférieure comme Toulouse ou Rennes ont fait le choix du métro VAL... Dommage, c'est un moyen de transport efficace et rapide.
En tout cas, cette histoire a eu pour conséquence de tout

bloquer pour rien pendant dix ans...
Il a fallu l'élection du nouveau maire Alain Juppé pour qu'un nouveau projet, celui d'un tram, se concrétise. En effet, il était inenvisageable pour son prédécesseur Jacques Chaban-Delmas de recréer ce qu'il avait supprimé des décennies auparavant (il avait supprimé l'ancien réseau de tramway en 1958 pour des bus, summum de la modernité à l'époque).
Fin 2003 et début 2004, les jours de gloire sont arrivés avec les inaugurations des premiers tronçons des trois lignes de tram. Mais voilà, ici rien est simple : pour protéger la beauté du centre-ville, il a été fait le choix d'une technologie innovante, l'alimentation par le sol. Pas d'horrible caténaire, mais du coup pas de tramway qui roule. Technologie innovante = technologie pas au point.
Heureusement, tout s'est arrangé depuis et..... Suite à un incident nous allons patienter un moment dans ce paragraphe...
Vous pouvez également continuer votre lecture avec la météo et l'horoscope en correspondance page de droite.

Lundi 27 novembre

Seul à l'appartement, je réponds à l'interphone : « Vous avez un colis ». Euh, oui, bonjour monsieur l'impoli qui ne se présente pas...
Je descends jusqu'à la porte d'entrée de l'immeuble où je vois le livreur avec un imposant colis. Je signe le bon de livraison qui est au nom des quatre membres de la colocation. C'est bizarre, nous n'avons pas effectué de commande en commun. De retour dans l'appartement j'ouvre avec impatience le colis : à l'intérieur un calendrier de l'avent avec des petits sacs en tissus pour chaque jour. Il y a aussi une lettre signée Robert Piché, un Québécois que nous avons hébergé quelques jours, il y a trois ou quatre ans, alors que l'appartement qu'il avait

193

loué pour son séjour à Bordeaux avait pris feu la veille de son arrivée. Nous ne le connaissions pas mais nous avions été touchés par son appel à l'aide sur Facebook.

« Yoko, Victoria, Lucas, Jamel, mes petits sauveurs, il y a trop longtemps que je ne vous ai pas contactés ni demandé des nouvelles. Je suis très occupé par un nouveau travail à Montréal mais je pense très souvent à vous. Les quelques jours passés avec vous resteront pour toujours gravés dans ma mémoire. Je suis arrivé chez vous un 1er décembre et je suis rentré au pays le 24 juste à temps pour fêter Noël en famille dans la campagne québécoise. Vous aviez alors dit avec humour : « Si on comprend bien, tu es un calendrier de l'Avent... » Ça m'avait beaucoup amusé !
En souvenir, et pour être avec vous en cette période de fêtes malgré la distance, je vous envoie un vrai calendrier de l'Avent que j'ai confectionné. Bonnes fêtes ! À très vite j'espère ! XXX Robert »

Oh ! Robert... Il est tellement adorable ! Vivement vendredi qu'on ouvre le premier petit sac !

Mardi 28 novembre

Je suis plutôt amusé de retrouver dans une vieille pochette un petit poème que j'avais écrit il y a au moins dix ans alors que j'étais très amoureux d'une fille à la fac :
Une friend zone avec toi
Ça me va, ça me va
Une friend zone avec toi
Tout me va si c'est avec toi

Mercredi 29 novembre

Il fait 3 degrés dehors alors on a mis en place le plan d'urgence écarlate : la première raclette de la saison !

194

Que c'est beau ! La résistance d'un réconfortant rouge incandescent, le fromage qui fond dans sa petite coupelle, la charcuterie qui attend sagement sur le côté et les pommes de terre chaudes qui fument à la sortie du bain. Ahhhhhh c'est bon !

Jeudi 30 novembre

L'odeur de la raclette froide à 7 heures du matin c'est moins poétique, mais ça ne m'empêche pas de manger quelques morceaux de fromage avec le café (c'est pour rendre service... Pour finir le paquet...)
Ahhhhhh c'est bon !

Vendredi 1er décembre

Enfin le grand jour ! On peut enfin ouvrir le premier petit sac du calendrier de l'Avent ! Un vrai cérémonial se met en place au petit matin, entre le café et le départ pour le travail. Nous souhaitions vivre ce moment ensemble. Yoko ouvre le sac numéro 1 et nous montre le contenu : quatre chocolats, une boule de Noël et un petit mot manuscrit à l'encre argentée « les copains, il est temps de sortir votre petit sapin artificiel de son sombre placard. De jour en jour, il se couvrira de ses plus beaux habits de lumière ».

Comme j'ai encore du temps avant le travail, j'installe le sapin à côté de la bibliothèque et insère dans l'une de ses branches la boule du jour, rouge et brillante. Même si dans l'immédiat la nudité du sapin et son unique boule font bizarres, il faudra bien une semaine pour que ça commence à ressembler à quelque chose.

Avant de partir au travail, je porte un dernier regard impatient sur le calendrier, le chocolat du jour, noir aux amandes, sous la langue.

Samedi 2 décembre
Jour 2 calendrier de l'Avent
Une guirlande électrique

Le compte à rebours de Noël débute aussi à la librairie avec les premiers achats des cadeaux par des clients nettement plus nombreux qu'un samedi habituel. Malgré notre société désormais ultra numérisée, le beau livre est toujours très offert, peut-être même plus qu'autrefois. C'est plutôt logique au final, si le papier n'est plus un objet du quotidien, il devient alors un produit d'exception, parfait pour un cadeau. Nous avons aussi tous les ans des enfants du quartier qui viennent acheter discrètement, avec la monnaie accumulée pendant

l'année, un petit livre de poche pour leurs parents. C'est très mignon à voir.
Je n'arrête pas de la journée et il faut recommencer demain : nous sommes très logiquement ouverts les quatre prochains dimanches.

Dimanche 3 décembre
Jour 3 calendrier de l'Avent
Une boule rouge identique au jour 1

Rubrique « Le Petit Bordelais non illustré » du quotidien La Belle Réveillée :

20/20

Bordeaux est la ville du vin... Oui, ici on utilise l'article défini... Non pas que les Beaujolais, les Bourgognes ou tous vins d'une autre région ne soient pas bons... Ils n'existent pas ! Tout simplement ! Si c'est du vin c'est du Bordeaux, si ce n'est pas du Bordeaux ce n'est pas du vin. Une fois de plus j'exagère : la ville et la région mettent en lumière le vin dans son universalité à la Cité du vin, un lieu d'exposition situé en bord de Garonne dans le quartier Bacalan. Vous ne pouvez pas le rater juste derrière le pont Jacques Chaban-Delmas, c'est un bâtiment tout chelou plutôt joli !

Santé !

(L'article est un peu plus court que d'habitude... c'est ça de voir le verre à moitié plein...)

Lundi 4 décembre
Jour 4 calendrier de l'Avent
Un petit Père Noël en bois

De la chaleur dans mon cœur

Malgré le froid de l'extérieur
Pas besoin de manteau, de blouson
Pour me faire perdre la raison
Mieux qu'un radiateur, qu'une cheminée
La chance de pouvoir t'aimer

Mardi 5 décembre
Jour 5 calendrier de l'Avent
une boule rouge identique aux jours 1 et 3

Lorsque je rentre du travail, je vois Yoko avec un visage fermé et inquiet comme je ne l'avais pas vue depuis longtemps. Je la questionne plus ou moins discrètement sans avoir de réponse bien précise. C'est finalement une bonne heure plus tard, en préparant le dîner, qu'elle me lance : « J'ai été contacté par un journal japonais pour lequel j'écris régulièrement des articles sur l'actualité française. Ils me proposent un poste très intéressant, la direction du service Europe, là-bas, à Tokyo. »
Elle s'interrompt quelques secondes, puis reprends « Je dois donner une réponse au plus tard vendredi... pour une prise de poste tout début janvier... »
Dans un premier temps, sonné comme un boxeur dans les filets d'un ring, je suis bien incapable de lui donner le moindre conseil, le moindre avis, puis finalement je tente avec une sagesse non calculée un « Laisse passer la nuit et les quelques jours d'ici vendredi, le temps te donnera une réponse ».
Nous poursuivons ensuite la préparation du dîner, presque comme si de rien n'était. En tout cas en apparence, sans en parler nous ne pensons qu'à cela.

Mercredi 6 décembre
Jour 6 calendrier de l'Avent
Un bonhomme de neige en bois

Je n'ai quasiment pas dormi de la nuit. Alors, après cinq

199

ou six heures de réflexion non-stop c'est très clair pour moi : si Yoko choisit de vivre à Tokyo, je m'installe avec elle là-bas. Je ne sais même pas pourquoi j'ai réfléchi autant de temps, c'est tellement évident...
Je lui explique cela dès que possible et elle retrouve d'un coup une sérénité qu'elle avait perdue depuis hier soir. « C'est la plus belle preuve d'amour que tu puisses me faire... »
Cette journée devient alors étrange, en suspens d'une décision qui ne m'appartient plus. Entre deux continents et deux lieux de vie possibles distants de 10 000 kilomètres. L'alphabet latin, le Pont de Pierre et les euros seront-ils toujours mon quotidien dans un mois ou seront-ils remplacés par des idéogrammes, le Pont Arc-en-ciel et des yens ?

Jeudi 7 décembre
Jour 7 calendrier de l'Avent
Une boule rouge identique aux jours 1, 3 et 5

Je me rends compte seulement ce matin que suivre Yoko c'est quitter Jamel et Victoria. La fin d'une petite famille que nous avons créée en même temps que la colocation. C'est aussi la fin de mon travail à librairie, c'est quitter Monsieur Dumoulin et Papy René. Je ne regrette pas ma décision mais j'ai un gros pincement au cœur avec cette prise de conscience.
Ce pincement s'accentue lorsque Yoko m'annonce sa décision : elle accepte le poste à Tokyo.
Mon émotion est forte, très forte, entre joie de vivre cette belle aventure avec elle et tristesse d'abandonner ce qui m'a rendu aussi heureux ces dernières années.
Nous annonçons la nouvelle à Victoria et Jamel à qui nous n'avions pas parlé de cette éventualité. Ils semblent dans un premier temps choqués puis de plus en plus compréhensifs lorsque nous expliquons les raisons de notre choix.

Vendredi 8 décembre
Jour 8 calendrier de l'Avent
Un flocon de neige en bois

Il faut désormais annoncer la nouvelle à Monsieur Dumoulin, qui fidèle à lui-même, m'écoute calmement sans montrer d'émotion particulière. Il rentre très vite sur des sujets pragmatiques, en particulier la date exacte où je souhaite quitter mon poste.

Je lui explique alors qu'à la fin du mois ça serait parfait, Yoko devant être au Japon la première semaine de janvier. Aucun souci pour lui, on se met donc d'accord pour un dernier jour de travail le 30 décembre. Ce n'est pas une page qui se tourne, mais tout un tome de ma vie...

Samedi 9 décembre
Jour 9 calendrier de l'Avent
Une boule argentée

C'est bien beau de quitter son travail en France mais il faut peut-être que j'en trouve un au Japon... Et dans un pays dont je ne connais pas du tout la langue ça me paraît difficile. Je suis sauvé par une bonne idée de Yoko : écrire pour La Belle Réveillée, et les autres journaux pour lesquels elle travaillait jusqu'à maintenant, des articles sur ma vie de Français au Japon.

Je contacte Jules pour lui proposer cela, il est complètement d'accord et est ravi de cette idée. On imagine dans un premier temps une rubrique hebdomadaire proche du « Petit Bordelais non illustré » puis après quelques mois, le temps de mieux connaître le pays, des articles plus centrés actualités.

Yoko se charge de contacter ses autres employeurs, qui semblent tout aussi enthousiastes.

Dimanche 10 décembre
Jour 10 calendrier de l'Avent
Un paquet cadeau en bois

Rubrique « Le Petit Bordelais non illustré » du quotidien
La Belle Réveillée :

Pour aller au marché de Noël, Tourny à gauche

*Bordeaux n'échappe pas à la mode des marchés de Noël.
Vous le trouvez depuis le début du mois comme chaque
année sur Les Allées de Tourny. On ne va pas se mentir,
les bijoux de créateur, les jouets en bois et autres stands
de textiles c'est pas trop mon truc. Mais j'aime bien tout
de même me balader, en semaine parce que plus calme,
dans les sympathiques allées qui sentent bon les épices
du vin chaud. Oui, puisque j'ai choisi le ton de la
sincérité pour cet article je dois vous l'avouer, je vais au
marché de Noël uniquement pour boire du vin chaud.
C'est de loin ce qu'il y a le plus intéressant.*
Bon, je m'égare (Saint-Jean)... Si on parlait de Tourny ?
*Louis-Urbain Aubert marquis de Tourny baron de Naly,
plus simplement « Tourny » pour les intimes, devient
intendant de Guyenne en 1743 (si vous ne savez pas ce
que c'est, lisez Stéphane Bern ou Lorànt Deutsch, ils ont
dû l'expliquer un jour ou l'autre...) : il embellit les quais
sur la Garonne, fait aménager des places, fait ouvrir des
avenues et crée Le Jardin Public. Bref, bien avant Juppé,
s'il y a une invasion de Parisiens et de touristes, c'est à
cause de lui !*

Lundi 11 décembre
Jour 11 calendrier de l'Avent
Une boule argentée identique au jour 9

Cette fois ce n'est pas une hallucination, c'est sûr c'est
elle, de l'autre côté de la rue. Je suis tétanisé et à la limite

de m'évanouir. Pas le temps de penser à fuir, pas le temps de penser à lui parler. C'est Sarah et elle vient dans ma direction. Elle me dit bonjour, me sourit, un long silence m'oblige à lui répondre. Je profite d'un nouveau silence pour faire quelques pas, elle me suit et me dit « Ça pourrait être bien qu'on discute... On peut aller au café juste à côté ? ». Je lui réponds sèchement « non » puis me ravise sans être sûr de prendre une bonne décision « OK, si tu veux ».

Une fois installée dans le café, elle m'explique que mes mensonges l'ont rendue folle dans le sens premier du terme, que ceci a déclenché une part sombre d'elle-même dont elle ignorait l'existence. « Sur un coup de tête j'ai retiré toutes mes économies à la banque, et je suis partie en bus de ville en ville, dans toute l'Europe. Mon état de santé, psychologique j'entends, s'est aggravé de semaine en semaine. J'ai été hospitalisée, dans un premier temps en Slovaquie puis à Paris.

Je suis rentrée à Bordeaux il y a quelques jours, j'essaye de me reconnecter avec mon ancienne vie et surtout avec moi-même. »

Je dois bien l'avouer, elle me touche, ce n'est plus la Sarah que j'ai connue, elle semble si fragile et je me sens responsable.

Vient le moment où c'est à moi de raconter les derniers mois : je commence à peine à lui expliquer mon coma qu'elle éclate en sanglot. « C'est de ma faute... Désolé... J'étais en colère et j'ai utilisé une poupée vaudou... J'ai failli te tuer ! », puis éclate de nouveau en sanglot, encore plus fort.

Je me dis que décidément elle est devenue vraiment tarée, avant de me rappeler que la médecine n'a trouvé aucune explication logique à cela. Pour me rassurer je préfère tout de même croire qu'elle délire... Mais...

Pour ne plus penser à cette question, j'enchaîne avec le sujet du moment, mon départ imminent pour le Japon avec Yoko. Elle éclate encore une fois en sanglots, encore plus fort que précédemment « Mais... Mais... Tu me quittes... »

Alors, je veux bien être compréhensif mais c'est un peu toi qui es partie sans donner de nouvelles pendant des mois...

Avant de partir, car je sens bien qu'on s'est presque tout dit, je lui demande des explications sur la demande en mariage. Pas de sanglots cette fois, mais un sourire « Oh... J'avais oublié ça... Je sentais bien que tu avais Yoko dans ton cœur, je voulais reprendre la place, seule. Je me suis dit qu'utiliser un code comme dans le fait divers t'amuserait. » Un long silence, puis elle conclue « J'ai tout gâché... »

On se quitte en se promettant qu'on se reverra avant mon départ. Promesse que je regrette dès que je l'ai exprimée. Tant pis, trop tard.

Mardi 12 décembre
Jour 12 calendrier de l'Avent
Une étoile dorée pour le haut du sapin

J'ai des remords de partir à des milliers de kilomètres et de laisser Sarah ici dans cet état. J'appelle immédiatement Jules, je n'ai même pas pensé à le faire hier. Il m'explique qu'elle l'a contacté seulement aujourd'hui, ils doivent se voir ce soir. Ceci me rassure, je me sens moins coupable de partir, elle est entre de bonnes mains, c'est quelqu'un de bien Jules.

Mercredi 13 décembre
Jour 13 calendrier de l'Avent
Une boule argentée identique aux jours 9 et 11

Avec Yoko on trouve amusant la symbolique de partir le 1er janvier, d'être entre deux continents ce jour-là, alors on réserve un billet simple pour ce jour. Départ dans l'après-midi pour avoir le temps de se remettre du réveillon. Un billet simple... Ouais... Un billet simple...

Jeudi 14 décembre
Jour 14 calendrier de l'Avent
Une guirlande verte

Je regarde le sapin après avoir posé l'élément de déco du jour, une guirlande verte, ça commence à avoir de la gueule !

Vendredi 15 décembre
Jour 15 calendrier de l'Avent
Une boule argentée identique aux jours 9, 11 et 15

J'ai vu que pour faciliter le sommeil on peut prendre de la passiflore...
C'est normal, parce que " Passiflore voisin ! Je veux dormir".

Samedi 16 décembre
Jour 16 calendrier de l'Avent
Une guirlande verte

Papy René arrive comme une flèche vers moi, un samedi après-midi moins de dix jours avant Noël c'est vraiment le meilleur moment, en me criant : « C'est vrai que tu t'en vas ? Pour toujours ? C'est vrai ? »
Je lui réponds oui, et je lui propose qu'on en parle plutôt dans la semaine. Il me répond en quittant la librairie « Puisque tu le prends comme ça... »

Dimanche 17 décembre
Jour 17 calendrier de l'Avent
Une boule personnalisée, nous 5 en photos

Aujourd'hui devait être publiée la dernière rubrique « Le

Petit Bordelais non illustré » avant les vacances de Noël, avant mon départ. La dernière pour toujours. Mais je n'ai pas réussi à l'écrire. C'est devenu trop difficile d'écrire sur les lieux dans lesquels j'ai dix mille souvenirs, trop d'émotions à chaque tentative. Jules l'a très bien compris. Il est vraiment parfait ce type.

Lundi 18 décembre
Jour 18 calendrier de l'Avent
4 chocolats blancs

Comme promis je revois Sarah. Elle me semble moins fragile que l'autre fois. Visiblement son frère Jules a trouvé les mots justes pour l'apaiser. Mais on n'a rien à se dire, ou alors des banalités. On se quitte, cette fois pour de bon. On se dit au revoir, tout simplement.

Mardi 19 décembre
Jour 19 calendrier de l'Avent
4 petits carnets de notes

Papy René revient à la librairie, plus calme que l'autre fois. Je lui explique les raisons de mon départ, il m'écoute et conclut par un joli « T'es amoureux... Tu prends la bonne décision ».

Mercredi 20 décembre
Jour 20 calendrier de l'Avent
Un bijou fantaisie pour Yoko

Je passe des journées folles à la librairie, des soirées folles à l'appartement pour préparer le départ.
Je commence à fatiguer...

Jeudi 21 décembre
Jour 21 calendrier de l'Avent
Un agenda papier pour Victoria

206

Et revoici l'hiver
Un an de rotation de la Terre
Le froid c'est pas super
Pour se réchauffer une p'tite bière

Vendredi 22 décembre
Jour 22 calendrier de l'Avent
Un stylo pour Jamel

La période de Noël
Elle me donne des ailes
Un peu de magie
Dans l'hiver, dans la nuit
Des jours qui brillent
Entre amis, en famille

Samedi 23 décembre
Jour 23 calendrier de l'Avent
Un stylo pour moi

Est-ce qu'un phacochère devient un phaconomique
quand il est vendu en solde ?

Dimanche : 24 décembre
Jour 24 calendrier de l'Avent
4 calendriers Montréal

Le calendrier de l'Avent est terminé, les festivités peuvent
commencer ! C'est le sixième Noël ici à la colocation,
alors au fur et à mesure des années on a créé des
habitudes, nos petites traditions. Cette année ne fera pas
exception : la nappe rouge, les verres aux pieds dorés, une
vidéo feu de cheminée sur la télé, un léger fond musical
de chanson de Noël, du foie gras, du vin blanc, de la
dinde aux marrons (oui, nous sommes très classiques
pour Noël...), du vin rouge, un énorme plateau de
fromages, un gâteau mangue fruits de la passion (oui, on

fait l'impasse sur la bûche, j'aime les traditions mais faut pas déconner...), du champagne, et pour finir cette orgie alimentaire, le trio clémentine, chocolats et thé aux épices.
La soirée de réveillon se termine comme il se doit par des parties de jeu de cartes, de très nombreuses parties.

Lundi 25 décembre

Joyeux Noël !

Il y a deux écoles pour l'ouverture des cadeaux à Noël : à minuit pendant le réveillon ou le matin du 25. J'ai imposé cette seconde solution à la colocation, la seule dans mon esprit, Le Père Noël passe pendant notre sommeil... Comment ça peut être autrement ?
Je suis le premier à me lever, relativement tard vu le nombre de parties de cartes nocturnes, je regarde le sapin et à son pied les paquets cadeaux si joliment emballés. C'est beau, c'est apaisant. Mon esprit divague. Je n'entends pas Jamel sortir de sa chambre et venir dans le salon, je bondis de peur quand il me sort de mes pensées. Nous attendons que tout le monde soit levé pour ouvrir les cadeaux ensemble. J'aime bien regarder les gens ouvrir les paquets cadeaux, les visages sont toujours très expressifs et passent par toutes les émotions : impatience, surprise, joie, étonnement.

Mardi 26 décembre

Jamel et Victoria ont longtemps hésité : chercher deux nouveaux colocataires ou quitter l'appartement ? Vivre seul, à deux, à quatre ? Les circonstances ont choisi pour eux : Jules, las de vivre seul, est intéressé pour reprendre l'une des places et Olivier, qui a obtenu le poste sédentaire à Bordeaux, est intéressé par l'autre. La colocation va donc toujours vivre, avec d'autres acteurs, et ça me fait très plaisir.

Mercredi 27 décembre

Le temps est en suspens depuis hier. L'échéance de Noël est passée et la suivante est un grand changement de vie. Dans cette attente tout me semble sans importance, anodin, voire ennuyeux. J'essaye tout de même de profiter au maximum des gens que je vais laisser ici. Mais une seule question me vient à l'esprit pendant ces moments-là : comment dire aux gens qu'on aime qu'on les aime ?

Jeudi 28 décembre

Tic-tac...
Tic-tac...
Le temps est en suspens...

Vendredi 29 décembre

Tic-tac
Tic-tac
Le temps est toujours en suspens...

Samedi 30 décembre

Dernier jour de travail à la librairie. J'ai une boule au ventre dès le réveil, je ne m'attendais pas à ça. J'ai la tête ailleurs pendant toute la journée de travail qui me paraît interminable. Une dizaine de clients habitués arrivent en milieu d'après-midi, dont Papy René. Monsieur Dumoulin ferme immédiatement la librairie, bien plus tôt que l'heure habituelle. Il m'a organisé cette petite surprise. Mon émotion est de plus en plus forte. Les pitreries de Papy René me détendent et m'évitent d'aller jusqu'aux larmes. Monsieur Dumoulin fait un gentil petit discours et m'offre quelques livres : une méthode pour apprendre le japonais, des livres sur Bordeaux « pour que tu ne nous oublies pas » et un vieux livre dédicacé de Pierre Belle sur d'horribles faits divers « il était venu faire des dédicaces ici, un très bon souvenir »...

Nous buvons quelques verres dans une ambiance calme mais conviviale. Seul Papy René met un peu de folie dans cette sage réunion festive. Il profite d'un instant où nous sommes un peu à l'écart des autres pour me parler de cinquante sujets à la minute. : Les femmes, Tokyo, les livres, moi, la météo, lui... Et pour finir un émouvant au revoir. Il est l'heure de se quitter. Ne pas se retourner et regarder sur le chemin les moindres détails, quelques souvenirs à mettre en plus dans mes valises.

Dimanche 31 décembre

Il est désormais temps de conclure ce journal, témoin d'une année complètement folle et d'une année à venir qui le sera forcément encore plus.

Nous profitons avec Yoko de nos dernières heures sur le sol français. Nous profitons surtout de Victoria et Jamel. L'émotion est forte toute la journée. La préparation du réveillon, bien plus qu'un simple réveillon cette année, nous occupe une bonne partie de l'après-midi, et nous permet de penser à autre chose. Nous commençons à ouvrir les premières bouteilles dès l'arrivée des premiers copains. L'émotion laisse la place à la fête, à de la danse, à des chants. Quelques bouteilles plus tard, nous sommes à seulement cinq secondes de la nouvelle année. Le premier jour d'une nouvelle vie avec la femme que j'aime.

« Cinq ! Quatre ! Trois ! Deux ! Un ! Bonne année ! Bonne nouvelle vie ! »